湖南省教育科学研究工作者协会
“十四五”课题研究成果

陈修银 | 著

绘本与我的乡村教育梦

天津出版传媒集团
百花文艺出版社

图书在版编目（CIP）数据

绘本与我的乡村教育梦 / 陈修银著. -- 天津：百花文艺出版社，2024.5
ISBN 978-7-5306-8856-4

Ⅰ. ①绘… Ⅱ. ①陈… Ⅲ. ①散文集-中国-当代 Ⅳ. ①I267

中国国家版本馆 CIP 数据核字(2024)第 096852 号

绘本与我的乡村教育梦
HUIBEN YU WO DE XIANGCUN JIAOYUMENG
陈修银　著

责任编辑： 王　欣
封面插图： 张艺嘉　**装帧设计：** 云上雅集
出版发行： 百花文艺出版社
地址： 天津市和平区西康路 35 号　**邮编：** 300051
电话传真： +86-22-23332651　（发行部）
+86-22-23332656　（总编室）
+86-22-23332478　（邮购部）
网址： http://www.baihuawenyi.com
印刷： 长沙市精宏印务有限公司
开本： 710 毫米×1000 毫米　1/16
字数： 190 千字
印张： 14.5
版次： 2024 年 5 月第 1 版
印次： 2024 年 5 月第 1 次印刷
定价： 78.00 元

如有印装质量问题，请与长沙市精宏印务有限公司联系调换
地址：长沙市开福区德雅路 1246 号
电话：(0731)85817162
邮编：410023

本书系 2023年度湖南省教育科学研究工作者协会“十四五”规划课题“‘双减’背景下农村偏远小学多元化绘本阅读的研究与实践”（课题号：XJKX23B508）成果；2021年度湘潭市教育科学“十四五”规划课题“‘双减’背景下农村偏远小学多元化绘本阅读的研究与实践”（课题号：XTJK021BJJ001）成果。

前 言

对绘本的热爱，源于我对乡村教育的热爱。2001年，我师范毕业，在月山镇栗山学校实习。2002年，我通过湘乡市教育局的择优录用，从此开启我的乡村教育之路。二十多年的乡村教育，我已深深地爱着乡村这片土地，深深地爱着乡村里的这群孩子。我希望尽己所能为他们做点什么。

2015年，我担任月山镇栗山学校教导主任，父亲时任校长。在父亲的带领下，我与全校师生一起利用午自习开展课外阅读。2016年，我更是将阅读排上课程表。2017年起，担任校长的我大胆改革，采用“现场+云端”的方式，开通“阅读存折”，开展亲子阅读，开设“绘本阅读微课堂”。从2015年至今，已是八年有余。八年里，我和学校老师边实践边开展课题研究。第一个课题是《农村偏远小学个性化课外阅读实践研究》，为期两年多的课题研究，学生的阅读、习作能力得到提高，教师的阅读教学能力、课外阅读指导能力得到提升，校园里书香味儿越来越浓，我校被评为湘潭市书香校园。

为了让课外阅读更好地与学科教学融合，2020年起，我带头将研究点进行细化，定位于绘本阅读。

2021年，教育部门出台了许多新政策，极为热门、影响力极大、影响面极广的就是针对义务教育阶段提出的“双减”政策。“双减”，具体指全面压减孩子作业负担，减轻校外培训负担，与之切合的是“课后服务实现义务教育学校全覆盖”，关于课后服务，教育部基础教育司司长吕玉刚说：“学校要结合办学特色、学生学习和成长需求，积极开发设置多种课后服务项目，切实增强吸引力和有效性。一方面，应指导学生认真完成作业，对学习有困难的学生进行补习辅导和答疑，为学有余力的学生拓展学习空间；另一方面，应开展丰富多彩的文艺、体育、劳动、阅读、兴趣小组及社团活动，最大努力满足学生的不同需求。”结合教育部“五项管理”中关于“读物管理”的相关要求和学校特色，为了进一步营造学校良好的阅读氛围，我和学校老师将阅读指导纳入课后服务，一则在行动上落实“双减”，二则引导学生正确选择读物，养成良好的阅读习惯，提升学生的核心素养。同时，我们继续开展课题研究，并将课题命名为《“双减”背景下农村偏远小学多元化绘本阅读的研究与实践》。

八年多的课外阅读实践，我见证了一批又一批学生的成长。特别是绘本阅读实施以来，学生的精神世界不断丰富，阅读能力、欣赏水平和创造能力得到大幅度提高。同时，许多学生在各级各类比赛活动中取得优异成绩。如王晨欣、陈婧、陈婕在湘潭市首届全民绘本阅读节的“我给妈妈讲绘本故事”活动中获得奖励；2021年和2022年的寒暑假，学生自主参加“敢想敢言”全国大阅读活动，有近30名学生的征文获奖，其中陈锡怡的征文《又是一年风筝起》发表在《感想感言》；2022年9月，在“我的书屋我的梦”少年儿童阅读实践活动中，15名学生的作品分别荣获湘乡市一、二、三等奖；2023年5月，在湘乡市第一届经典阅读活动中，学生表演的绘本剧《动物王国开大会》《虎朋兔友》分别荣获二、三等奖。这些，对于农村偏远小学来说，实属不易。

学生的成长，即我的成长。二十多年里，我坚守乡村，担任班主任、教研组长、教导主任、校长，任教语文。即便担任校长，我仍担任班主任，我爱我的岗位，爱我的语文教学，爱每一个孩子。农村偏远小学的孩子相对条件欠佳，他们中不乏留守儿童，甚至孤儿，无论是物质生活，还是精神生活，与城市孩子相比，都存在一定差距。我希望能用我微薄的力量一点一点地将差距缩小再缩小，所幸我一点点地做到了。在此过程中，非常感谢各级领导、各界人士对乡村教育的关注与精准帮扶。

2021年，我应邀参加湘潭市绘本阅读节开幕式。回来的路上，我在朋友圈中写下这段文字："一棵树摇动另一棵树，一朵云推动另一朵云，一个灵魂唤醒另一个灵魂。感谢生命中的每一位贵人重新唤醒我的灵魂，燃起我的梦想。愿我也如他们一般，为山里娃搭建一个全新的平台，激起他们的梦想，助他们展翅高飞。也许，多年以后，孩子们并不能忆起那段完整的时光，不能清晰地忆起所有老师，只愿，他们能记得，曾经，他们也和城里孩子一样，有精美的阅览室，有许多许多绘本，还有那在绘本故事中浸润的多彩童年……"朋友圈里，我收到了许多评论。其中，"点灯人"出现的频率最高。那就像父亲一样，努力当好乡村教育的点灯人吧。

与此同时，我要感谢点亮我心灯的所有人士，感谢所有的遇见，让我成长，让我有勇气坚守。其实，遇见、成长、守护就是我的乡村教育轨迹。我将它们作为本书的线索，见证我二十多年里乡村教育的所有付出与成长。感谢湖南科技大学教育学院李炳煌书记给予我记录并整理文字的信心与勇气！感谢各位前辈的指引！感谢乡村里那群孩子的陪伴！

谨以此书献给我深深爱着的乡村教育和我深深爱着的每一个人。

陈修银

2023年11月28日

目录

MU LU

（一）遇见

（二）成长

（三）守护

（一）遇见

01 遇见·希望

【绘本名片】

	书　名：大卫上学去 作　者：〔美〕大卫·香农 出版社：河北教育出版社

【故事导读】

大卫上学了，在学校里，他有种种不合规矩的行为。而且，大卫总是让老师操心，老师总是提醒他不可以这样，不可以那样。作为小学生，大卫必须得学会与别人相处，并且尊重学校里的规矩。

【亲子阅读】

今天大卫要上学，妈妈很早就开始叫大卫起床了，大卫怎么也起不来。

当大卫到学校推开教室门的时候，发现小朋友们都在上课了。老师很生气地说："大卫，你迟到了！"大卫害羞地低下头，说："我知道了，下次会早点的。"

老师叫大卫去黑板上做题目，大卫做对了，老师表扬大卫。大卫很得意，站在讲台上冲小朋友们表演"鬼脸"。老师看到了，大声地说："大卫，赶紧回座位坐好！”

大卫回到自己的座位，突然想吃东西了，在课堂上吃起了口香糖。为了不让老师发现，大卫用书本遮住自己的嘴巴，口香糖太黏了，粘满了大卫的整个嘴巴，大卫只能用手把口香糖拿出来，被老师发现了。老师生气地对大卫说：“上课不可以吃口香糖！”大卫只能小声地说：“我知道了，以后再也不在课堂上吃口香糖了。”

上课吃口香糖被老师批评，大卫决定这节课要好好表现，积极回答问题。大卫只要看到会的题目，就站起来，大声对老师说：“老师，我知道……”刚要说出答案，老师很不高兴地提醒大卫：“大卫，要先举手！”

美术课上，大卫一只手涂成红色，另一只手涂成绿色。调皮的大卫想要把手印到小朋友的衣服上，突然被老师发现了，老师大声地说：“大卫，手不要乱碰！”

大卫在课堂上没有认真听课，开小差了，他发现窗户外面的白云在和恐龙大战，想着究竟哪只最厉害呢？大卫正想得入迷的时候，老师发现大卫在开小差，大声叫大卫：“大卫，注意听讲！”

午饭的时间到了，大卫在后面等了好久都没有轮到他，于是大卫干脆去前面插队，刚走出来几步，又被老师发现了。“大卫，打饭不能插队，排队去！”大卫又乖乖地倒回原来的位置。

开始吃饭了，大卫吃得正香，不知道谁把菜扔过来，大卫把它扔回去，正在这时候，老师过来了，很生气地说：“我不管是谁先开始的，你们这样做是浪费粮食，是不对的。”

下午是阅读课。大卫最不喜欢阅读课，因为太安静了。小朋友们都在认真地看书，大卫坐不住了，拿起铅笔打架子鼓，唱得正起劲，同桌提醒大卫：“嘘……”这时，调皮的大卫憋不住了，大声叫：“老师，我要尿尿。”老师无奈地说：“刚去完厕所又要去，是想出去玩吗？”大卫太喜欢玩了，又想着画画，就在桌子上画小狗和星星。老师看见了，说：“大卫同学，放学以后你留下。”

老师留下大卫原来是擦桌椅，大卫把桌椅擦干净，把桌椅摆整齐，老师说："大卫，做完了吗？"老师检查了一遍，笑眯眯地说："大卫，你清理得很干净，值得表扬。"还奖励一颗小星星给大卫。

一天的学习生活结束了。老师对大卫说："现在你可以回家了。"大卫带着小星星高高兴兴地回家了。

【课例回放】

《大卫上学去》绘本导读

一、导入

1. 今天老师给小朋友们带来了一位新朋友。（出示封面）

2. 他是谁呢？

预设：大卫。

二、授课

（一）故事我来读

1. 学生自主阅读

师：今大老师给小朋友们带来的这本书，讲的就是大卫上学的故事。请小朋友轻轻地从书袋里把书拿出来，把书放到你的课桌上，从有书签的这一页开始，轻轻地往后翻，仔细地看一看，大卫到底做了哪些调皮又捣蛋的事情让老师很头疼？

①学生自读。

②教师行间巡视。

2. 介绍图片内容

①师：谁第一个来介绍大卫都在学校做了什么调皮的事情？

②生交流，师点拨。

（二）故事我会讲

1.学生练讲故事

师：书中是不是有自己喜欢的图画？现在请小朋友们跟旁边的小朋友讲一讲你喜欢的图画上的故事，大卫在学校还做了什么事情？

①学生小组练讲。

②教师行间巡视。

2.完整讲述故事

师：我们再一起完整地来看看这本书，同学们可以跟老师一起讲讲这个故事。

①学生再读故事。

②教师行间巡视。

③小组代表上台讲故事。

④师生评价。

（三）道理我能懂

1.师：同学们，老师最后还在生大卫的气吗？为什么？

①学生交流。

②教师点拨：大卫认识到了自己的错误，还要改正原来的坏习惯，想要做一名合格的小学生。

2.师：那咱们班的哪些小朋友是合格的小学生呢？谁来推荐一下。你为什么推荐他？

①学生交流。

②教师点拨。

三、小结

其实，我们每个人都不是十全十美的，或许你上课迟到过，跟小朋友有过不愉快，上课不认真听讲……没关系，只要像大卫一样努力改正，就仍然是老师和小朋友们喜欢的好孩子，也能做一名合格的小学生。

【乡村手记】

记2023年春季开学典礼

校长去教育局开会了。上午，开学典礼如期举行。作为教学副校长的我，临时接到任务，在开学典礼上颁奖、讲话。临时上阵，即兴演讲。呵呵！还好，一切顺利！

讲话内容整理如下：

今天是二月初二，龙抬头的日子，寓示春季万物复苏。今天更是一个重要的日子，因为，今天，我们迎来了2023年春季开学典礼。

首先，受周校长的委托，并以我个人的名义，向辛勤耕耘在教学一线的全体老师表示诚挚的感谢！

然后，我要表扬三类优秀孩子。

第一类是勤学善思的孩子。如，72班彭茸同学酷爱阅读，喜欢摘抄，摘抄本上文字工整漂亮，而且结合自己的思考配有插图，是我们学习的榜样；71班周诗雅同学，主动学习，自觉默写英语单词，同样是我们学习的榜样。今天晨读时，各班学习认真，特别是76班的孩子们，彭老师一声“预备读”，全班同学非常积极，读书声音响彻整个校园。你们认真读书的模样，老师喜欢。

第二类是乐于助人的孩子。前些日子，午餐时，突降大雨，许多老师和同学没带雨伞，被困在食堂。有伞的同学自发带领其他同学去教室接伞，等待没伞的老师和同学一同回教学楼。这些同学，拥有一颗金子般的心，可赞！

第三类是讲文明懂礼貌的孩子。在教学楼，在操场，总会听到许多孩子大声地跟老师打招呼：“老师好。”一句简单的“老师好”，却能彰显一个孩子的良好素养，值得表扬。

这三类孩子，在我们学校不是个例，有许多。希望所有同学和他们一样，勤学善思，乐于助人，讲文明懂礼貌，同时，热爱祖国，热爱劳动，懂得感恩，争当好少年，成为社会主义的建设者和接班人。

最后，祝所有老师身体健康，工作顺利，家庭幸福！祝同学们学习进步，心想事成！祝全体师生2023“兔”飞猛进！

很久没上台讲话了，还好，没有生疏。在乡村耕耘这么多年，乡村情结已经长在我的骨子里了。喜欢看孩子在校园里嬉戏，喜欢听孩子清脆的笑声。乡村孩子，也许，有些方面的确不及城市的孩子，但他们的纯真，最能打动我。可爱的孩子们，祝愿你们兔年吉祥如意！

【童言童语】

我读《一百个新同学》

新学期开始啦！老师要我们分享寒假里读过的书。我分享的书是《一百个新同学》，我很喜欢里面的小故事。

故事里有九十九只小青蛙，背着九十九个新书包，蹦蹦跳跳去学校。有个老爷爷，头上戴草帽，骑着自行车，来到了田埂上。

九十九只小青蛙，九十九只小手伸出来和老爷爷打招呼。老爷爷呵呵笑，说：“九十九个小同学，我送你们上学校。”三十三只小青蛙坐到车子前面，三十三只小青蛙，跳到车的后头，还有三十三只小青蛙，坐上老爷爷的大草帽。老爷爷蹬起了自行车。九十九只小青蛙，呱呱呱呱唱起了歌：“呱呱呱，真开心！老爷爷送我们去学校！”来到学校，青蛙老师数一数，九十九个新同学一个没少，全到了。“还有我，正好一百个，”老爷爷对青蛙老师说，“保护庄稼捉害虫，我也要听你把课说。”“欢迎，欢迎！ 第一百个新同学。”青蛙老师送给老爷爷一本小小的书，这是青蛙学校的新课本。

读完这个故事，我知道了青蛙是我们的好朋友，还知道了要帮助他人。

同学们，你们读了哪些书？可不可以也分享给我呀？

【写绘日记】

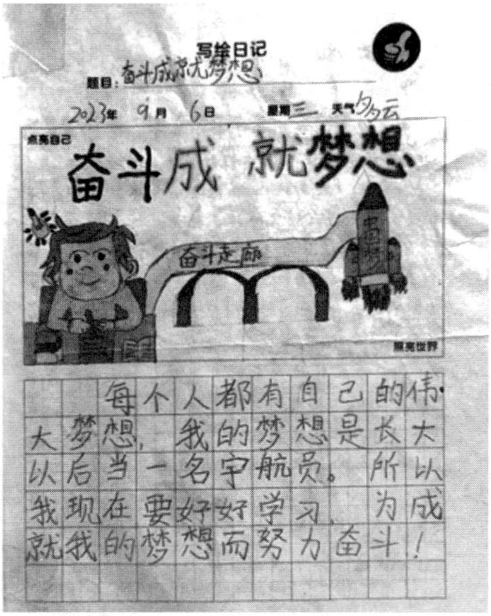

【教育信条】

犯了过错的人应当受到惩罚。但是他们之所以应受惩罚，并非只是因为他们犯了错，而是为了使他们日后不会再犯。

02 遇见·珍惜

【绘本名片】

	书　名：父与子全集 作　者：〔德〕卜劳恩（著） 田伟华（译） 出版社：中国妇女出版社

【故事导读】

《父与子全集》中生动幽默的小故事均取材于卜劳恩日常生活中的真实体验，是卜劳恩与儿子克里斯蒂安的真实生活写照。一幅幅小而精湛的画面跳跃着智慧的光芒，简单的线条里流淌出纯真的父子之情与融融的天伦之乐，直指人心。故事中所塑造的善良、正直、宽容的父子形象深深地打动了千百万读者的心，并风靡全球。

【亲子阅读】

（一）无辜的儿子

有一天，父与子走进一家卖鞋子的商店，爸爸从货架上拿了一双鞋子，这双鞋子是用一根皮筋绑在一起的。爸爸拿着鞋子说："这个设计真好，既不影响试穿，又不容易拿错鞋码。"爸爸坐在鞋凳上开始换鞋，他把一只鞋子穿在脚上，在店里走来走去，突然，另一只没穿的鞋子被卡到了凳子上，爸爸不知道，继续向前走，这两只鞋子的皮筋越来越长。走在后面的儿子看到了，赶忙上前把鞋子给拽了出来，可是弹力太大了，鞋子"嗖"地一下就弹了起来，打到了爸爸的屁股上。爸爸一扭头，刚好看到站在身后的儿子。"臭小子，爸爸就知道是你干的。"爸爸不容分说，抓住儿子"乒乒乓乓"就揍起了儿子的屁股。可怜的儿子眼泪汪汪地说："不是我干的。爸爸，我是无辜的呀！"

（二）写作业

儿子趴在地上写作业，狗狗守在儿子旁边，一边摇着尾巴，一边看儿子做算术题。儿子咬着铅笔头对狗狗说："狗狗，我问你，1+1等于几？"狗狗汪汪地叫了两声。儿子说："狗狗真聪明。"就在算术本上写1+1=2。这时候，爸爸走了过来，他看到儿子一边写作业一边在跟狗狗玩，特别地生气。爸爸一脸严肃地对儿子说："你给我站起来。"儿子站起来说："我错了。"爸爸说："我跟你说的都忘了吗？写作业的时候不能跟狗狗玩。"儿子说："嗯，我知道了，爸爸。"说完，儿子对狗狗说："我们不写作业了，我们出去玩吧。"

【课例回放】

《父与子全集》故事续编

一、导入

1.同学们，你们读过《父与子全集》这本书中的哪些故事？

2.你最喜欢哪个故事？

二、授课

（一）故事我来读

1.观察“让人着迷的书”这个故事的图片，说说，你是按怎样的顺序来观察的？

点拨：先后顺序。

2.认真看图，知道图片中的基本内容。

图中画的是什么？在什么地方？什么时候？他们在做什么？脸上有什么表情？

3.点拨：①仔细看清楚图片的每一个细节，找到图片要传达的这些“信息”。

②按照先后顺序，弄清每一幅图的内容。比如，我们先观察第一幅图，上面有两个大人，他们准备吃饭了；再观察第二幅图，有一个大人和一个孩子，孩子正趴在地上看书……这样一格一格地看，就能清楚地了解每一格图都有些什么内容了。

板书：按照顺序细观察

（二）情节我来猜

1.联系前后，猜一猜前面五幅图的内容。

学生说故事，教师适时点拨。

点拨：我们按顺序看清楚每幅图后，就要对比前后图画不同的地方，并根据不同的地方猜一猜每格图内容上的联系，再把这些图画的内容联系起来。

板书：前后比较猜故事

2.为第六幅图想象一个画面，从而猜猜最后会有什么结果呢？

①小组交流：根据前面的内容以及生活实际，想一想一家人接下来会出现什么样的情况呢？

②小组汇报。

点拨：发挥想象，把这个故事写得更完整更有意思。

板书：联系生活能想象

（三）故事我会编

1.出示情境语段：

晚饭时间到了，妈妈哼着歌，端上来香喷喷的饭菜。

爸爸早就坐在饭桌前，用筷子敲着碗，等着开饭。

正要开饭，妈妈才发现儿子不在，问："宝贝呢？"爸爸停下筷子："还在他房间里吧？"爸爸边说边走向儿子的房间。

爸爸敲了敲门，见没有人回答，便打开了门，却看见儿子正趴在地上看着一本书，像一条毛毛虫。爸爸喊道："宝贝儿子，该吃饭了。"儿子看了看爸爸，便爬了起来，走向饭桌。

儿子坐上了饭桌，拿起筷子，抬头却发现爸爸没了影子。"爸爸呢？"儿子问。妈妈不耐烦地挠了挠头，答道："还留在你房间里吧？""我去看看。"儿子一进门，____________________________________

____

2.学生根据情境续写故事。

3.成果汇报展示。

三、小结

1.小结方法：阅读绘本有方法。按照顺序细观察，前后比较猜故事，联系生活能想象。

2.用所学方法阅读《父与子全集》其他的故事。

【乡村手记】

遇见·感恩·珍惜

新学年第一天上班，我接到了教研部吴丽主任的电话，商讨绘本阅读交流活动事宜。从未争取到指标时小小的失落，到几经周折终于争取到这个宝贵的指标时大大的惊喜，感慨良多！

生在山村，长在山村，工作在山村，从未迈出过山村的我，何德何能，得到吴丽主任和那么多能人的厚爱！

感恩、感谢吴丽主任，我心中永远的女神姐姐，为我们搭建如此高大上的平台，让我们偏远山区的薄弱学校也能有这样展示自我与交流发展的机会。感恩一切美好的遇见！感谢生命中每一位贵人的指引！

一路前行，一路成长，一路芬芳。我始终相信，几经磨砺，即便是沙石，亦能绽放出独特的光芒，正如我们这小而温暖的团队。

小而温暖，是我们团队的名片，我一直这样认为。记得2017、2018、2019连续几年开展诵读经典迎元旦活动，从策划到准备到开展，我们团队九位老师台前幕后两个月，活动很精彩，教师、学生、家长全员参与，受到社会各界的一致好评。其实，我从内心里知道，我们的付出远远不止这两个月，而是每一天。2016年9月起，阅读排进课程表后，经典诵读、古诗新唱……成了学校里最受欢迎的活动，没有之一。

每当空闲下来，我都特别感动，为我们的团队，为我们的老师，也为那群可爱的孩子。

突然想起那次口语交际课，我和孩子们一起学习“转述”。为了能更好地在生活中运用，拓展时，我临场口头出示情境：

我打电话给妈妈：“妈妈，我今天在外婆家吃晚饭，打算晚上七点回家，麻烦您要爸爸过来接我。”随即让孩子们转述。

话音刚落，几个孩子偷偷地笑。其实，我说的时候就意识到了，只是没想到孩子们比我想象中的更为敏感。我装作不知情，问：“有什么好笑的吗？”

毕竟是乡下的孩子，历来比较含蓄，抿着嘴，笑而不语，几位女生甚至用手捂住脸扮害羞状，好可爱的样子。

过了几秒，我也实在绷不住了，跟着大笑起来：“是不是觉得称呼太好笑了？”

一孩子怯怯地说：“是该说老公吗？”

“哈哈哈哈……”教室里，笑声一片。

“除了老公，还有没有其他称呼？”

“孩子他爸！”一双双笑意盈盈的眼睛里闪烁着灵动的光芒。

“哈哈哈哈……”笑声更猛烈了。

“是啊！还可以说娃他爸呢！快！这么好笑的转述一定得记录下来。”

孩子们迅速动笔。

反馈时，孩子们的转述竟是这节课里最完美的。

也许，不久的将来，他们不会忆起课堂上的太多点滴，但笑过、乐过、写过的，尽管看似不经意的，可能是他们印象深刻的。

这又让我想起，《父与子全集》阅读指导课上，陈宇轩小朋友那萌萌的表情，惹得全班同学和听课老师捧腹大笑。

与孩子们在一起的每一个有趣的瞬间都值得收藏，感恩遇见，让我成为你们的老师。与老师们在一起的每一个快乐的瞬间都值得珍藏，感恩遇见，让我成为你们的同事和领头人。期望，我们彼此珍惜在一起的每一个瞬间，那定是人生最美好的回忆。

【童言童语】

（一）引人入胜的书

“洗洗手，擦擦汗，不一会儿就开饭。炒菜、米饭、鸡蛋汤，饭菜可口营养香。宝宝吃得喷喷香，健康成长身体棒。”晚饭时间到了，妈妈一边哼着歌儿，一边把美味可口的饭菜端到餐桌上，但不见儿子来吃饭，就让爸爸去叫儿子。

“儿子，你还在干吗呢？”

见没回音，爸爸急忙夹起一块肉塞进嘴里，便跑去儿子房间。推开门一看，啊哈，原来儿子正趴在地上津津有味地看书呢。爸爸对儿子说：“儿子，妈妈等你吃饭呢，快去吧。”

儿子去吃饭了。爸爸很好奇，心想：儿子看得这么入迷，到底是什么书呢？于是他弯下腰看。哎呀，这书可真有意思！

儿子刚要动筷子，却发现爸爸没有来，自言自语道：“咦？爸爸怎么还不出来？”

“你这爸爸！”妈妈一边嘟囔着，一边跑进儿子的房间，发现爸爸正趴在地上看书。

“儿子的书有那么好看吗？”妈妈蹲下身子，和爸爸一同看了起来。

儿子端着碗，来到自己房间门口，看见爸爸妈妈都趴在地上看他刚才看的那本书，得意地笑了！

（二）让人着迷的书

一阵扑鼻而来的香气从厨房里飘出来，今天妈妈做了爸爸和儿子最喜欢吃的红烧肉，看起来色香味俱全。妈妈喊道：“老公，儿子，吃饭了。”

爸爸赶紧坐到桌子旁，迫不及待地拿起筷子，刚要夹起一块美味的红烧肉，妈妈“啪”的一下压住爸爸的手，说：“儿子又跑去哪里了？快叫他来吃饭。”爸爸说：“儿子在书房里看书呢！”说完，爸爸很不情愿地边往书房走边喊：“儿子，赶快来吃饭！”儿子听见赶紧起身往餐厅跑去。爸爸走进书房好奇地瞟了一眼儿子看的书……

过了好一会儿，儿子和妈妈迟迟不见爸爸出来。妈妈有些不耐烦了，生气地说：“赶紧去叫你爸爸来吃饭。”儿子马上起身去叫爸爸，来到书房门前却看到爸爸趴在地上津津有味地看着自己之前看的那本书，那姿势可逗了。然后，他也趴下来，和爸爸一起沉浸在这本有魔力的书里。

妈妈忙完灶台上的事，发现爸爸和儿子都没出来，终于忍不住爆发了，气冲冲地闯进房间，大喊道：“吃饭了，你们还在干吗？”爸爸和儿子却根本没有理会妈妈。妈妈好奇地看了一眼他们看的书，瞬间也被这本书深深地吸引住了。一家三口都盯着书，完全把吃饭的事情抛到脑后了。

这可真是一本让人着迷的书啊！

【写绘日记】

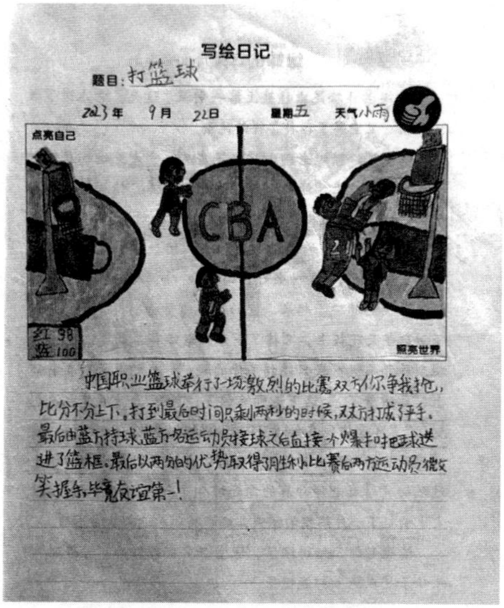

【教育信条】

保存儿童的天性，并且正是按照它所指出的方向，用知识把儿童的天性武装起来。

03 遇见·躬行

【绘本名片】

	书　名：唐诗三百首绘本 作　者：王雨岩（编著） 　　　　袁燕琴（绘图） 出版社：应急管理出版社

【故事导读】

《唐诗三百首绘本》紧密贴合语文新版教材，完整收录300首唐诗，并配有300幅精美手绘水墨全彩插图。更重要的是，有声伴读，听读结合，利于记忆。

【亲子阅读】

①送元二使安西（唐 王维）渭城朝雨浥轻尘，客舍青青柳色新。劝君更尽一杯酒，西出阳关无故人。

②静夜思（唐 李白）床前明月光，疑是地上霜。举头望明月，低头思故乡。

③春夜喜雨（唐 杜甫）好雨知时节，当春乃发生。随风潜入夜，润物细无声。野径云俱黑，江船火独明。晓看红湿处，花重锦官城。

【课例回放】

以《送元二使安西》为例，品王维诗之“诗中有画”

一、导入

1. 出示“‘浸润千年文化，我与经典同行’古诗词诵读活动”海报。

2. 明确诵读要求：①字正腔圆，有节奏。②配合动作，有韵味。③抑扬顿挫，有感情。

3. 了解王维诗“诗中有画”的特点。

二、授课

（一）古诗我来读

1. 教师范读

送元二使安西

［唐］王维

渭城朝雨浥轻尘，客舍青青柳色新。
劝君更尽一杯酒，西出阳关无故人。

2. 整体感知

①古诗描绘的图画：雨柳图、劝酒图。

②写元二奉朝廷之命出使安西都护府，王维到渭城为他送行，表达了依依不舍之情。

3. 品悟情感

师：为何会如此依依不舍？

①出示唐朝地图，感悟路途之遥远。

②出示渭城与安西的对比图，感悟安西环境之恶劣。

师：路途如此遥远，安西环境又如此恶劣，元二能不去吗？

预设：当然不能，既是“出使”，既是朝廷之命，如有违抗，牢狱之灾，杀头之罪。

4.方法指导

预设方法①：查阅资料。

（二）古诗我来品

1.回顾方法

师：回顾一下，我们平常是用怎样的方法学习古诗的？

预设：抓关键词、结合注释、联系插图、查阅资料、发挥想象……

2.品读画面

师：用所学方法认真品读雨柳图、劝酒图，说说诗人是如何表达依依不舍之情的？

预设：（1）抓关键词、查阅资料品读“雨柳图”。清晨的微雨湿润了渭城的浮尘，旅馆周围的柳树翠嫩一新，洁净的道路、青青的客舍、翠绿的柳树，构成了一幅色调清新明朗的图景。诗人通过对景物的描写，突出“不舍”。“朝雨”，这不仅是雨，更是泪，细雨霏霏愁更愁。“柳”，与“留”谐音，含“留恋”“留别”之意。中国古代有“折柳赠别”的习俗。这样通过写“雨”“柳”来表达依依不舍之情的表达方式，叫情景交融。

①师点拨：通过抓关键词、查阅资料，知道诗人用情景交融的表达方式，通过“雨”和“柳”来表达依依不舍之情，还特别了解了关于“折柳赠别”的习俗。那么，关于“折柳赠别”，你了解多少呢？

②播放“折柳赠别”习俗微视频。

③了解“折柳赠别”的古诗词：

孟郊《古离别》：“杨柳织别愁，千条万条丝。”

李白《劳劳亭》：“天下伤心处，劳劳送客亭。春风知别苦，不遣柳条青。”

戴叔伦《堤上柳》：“垂柳万条丝，春来织别离。”

（2）抓关键词、联系插图品读“劝酒图”。请你再饮一杯离别的酒吧，因为你离开阳关以后，就见不到老朋友了。从“劝”“更”可以知道这对好友喝了一杯又一杯。太多太多的话想说，但又无从说起，对彼此的关切、牵挂与祝福，尽在这一杯杯酒中。虽然只有短短的两句诗，但字里行间，却透露出浓浓的情谊，那就是依依不舍之情。

①师点拨：运用抓关键词、联系插图的方法，发现诗人仅用两句诗，描绘了一幅情谊深厚的“劝酒图”。

②发挥想象：他们是如何劝酒的？会有怎样的动作？会说些什么话？会有怎样的神情？……

3.吟唱古诗

①师：语不多，情难了；语已多，情未了。大胆想象，一对老友举杯劝酒、依依惜别的画面更为清晰。王维的诗“诗中有画”，果然名不虚传。

②这篇经典诗作，后被谱成曲子，被命名为《阳关三叠》，又名《渭城曲》《阳关曲》，并被改编成了许多不同的版本。

③播放《送元二使安西》吟唱视频，再次感受诗人的依依不舍之情。

（三）古诗我来诵

1.结合图片诵读古诗，并运用所学方法说说古诗中所描绘的画面。

预设：《山居秋暝》：联系插图，品味月照松间、泉流石上、浣女归和渔船顺流而下的画面；

《鸟鸣涧》：抓关键词，想象画面，品味幽静恬人的春山月夜图；

《竹里馆》：查阅资料，想象画面，品味清幽宁静的竹林里，诗人月下独坐、弹琴长啸的画面。

2.结合多元评价表诵读故事，参加班级古诗词诵读活动。

①出示多元评价表。

评价标准	星级评价
①字正腔圆，有节奏。	★
②配合动作，有韵味。	★
③抑扬顿挫，有感情。	★

②学生练读，教师行间巡视。

③学生诵读展示。

④师生根据多元评价表进行评价。

三、小结

1.回顾本课学习方法

①出示本课使用的学习方法：抓关键词、结合注释、联系插图、查阅资料、发挥想象、了解背景、观看视频、吟唱古诗等。

②明确学习本课两种重要的方法：查阅资料、发挥想象。

2.作业

①背诵《送元二使安西》。

②用所学方法继续诵读王维的其他诗作，品味其“诗中有画”的特点。

③边品诗边配画，小组或班级合作编一本“诗配画”集，并为它取一个好听的名字。

【乡村手记】

遇 见

人生是一场美丽的遇见，遇见风，遇见雨，遇见阳光，遇见躬行……非常荣幸能在这样一个温暖的冬日与你们相遇，能在美丽的湖南科大，在躬行讲堂，与教育学院大二的孩子共同学习《送元二使安西》，并交流一位乡村女教师的成长之路。

2001年，我师范毕业，没有按照约定分配，我来到父亲的学校——月山镇栗山学校代课，兼任栗山、群乐、青坪三所学校的四年级英语教学，代课金每个月220元。那时，我最大的梦想就是成为一名正式的人民教师。2002年，湘乡市教育局组织择优录用考试，招聘师范生60人，我以非常幸运的名次——第60名被录用，分配至湘乡最偏远的初中，正式成为一名语文老师。成为语文老师，不是因为我的语文功底有多么好，而是领导说，教不了数学和英语的，都教语文吧。于是，我扛起了初一的语文教学。那个班70个孩子，大多十二三岁，个子高高的。那年，我十九岁，矮矮的个子，小小的身板，不过八十斤的样子。教室里，满满的，都是人和桌椅。作为一名新教师，我所考虑的就是如何适应这么大的班级，如何在语文课中生存下来。

非常幸运，我遇到了一群好同事，我们常常聚在一起研讨，渐渐地，有了看得见的成长。此后，我经常自费外出学习，从网上搜索名师课例，渐渐地，我从别人的课里也悟出了一些名堂，渐渐地，我对语文课也有了自己的一些小探索和小想法，再渐渐地，我成长为湖南省汀汀教师（湘乡唯一）、湖南省新时代卓越教师培养对象（湘乡乡村唯一）、湘潭市骨干教师、湘潭市教师培训师培养对象（湘乡乡村唯一）、湘乡市小学语文学科带头人、湘乡市小学语文兼职教研员（乡村唯一）。这个渐渐，到如今，就是二十一年有余。

今天所执教的《送元二使安西》是部编版小学语文六年级下册的课外古诗词诵读，与二十一年前的课相比，那是天壤之别。在这堂课中，我创设了“班级古诗词诵读活动”的大情境，设计“古诗我来读”“古诗我来品”“古诗我来诵”三大板块，引领孩子们迈进古诗词诵读之旅。同时，在课堂中，我注重方法的引领与指导，重点使用查阅资料、想象画面等方法品读雨柳图、劝酒图，体会依依不舍之情，感悟王维诗“诗中有画”的特点。此外，我注重传统文化的渗透，与孩子们交流了“柳文化”，引导孩子们增强文化自信。当我要孩子们说说“今天的课，你印象最深的是什么”时，他们说得很全面，这是我意想不到的。甚至还有孩子说，他很喜欢我的范读，喜欢我的评价语……这种纯粹的喜欢，真好。其实，我也很喜欢你们，喜欢你们这么纯净而明朗的笑脸。

之后，我们从这堂课聊到课标。因为，我的课堂设计就来源于课标的引领。从2001版到2011版再到2022版，随着时代的发展，课标也在不断地修缮中。如今，我们使用的是2022年新修订的课标。较2011版课标而言，许多内容都有所变化。我所参照的是2022版课标中“课程理念”中的第四条和第五条——创设情境，重视评价。随即，我们再结合其他的课例来交流如何创设真实而有效的情境，如何设计多元评价表，如何落实情境，以更好地为课堂服务，更好地提升孩子们的核心素养。这群孩子超有悟性，在后面的“你还能为《送元二使安西》创设其他的情境吗”的交流中，好多孩子有自己的想法，说可以创设情景剧表演、诗配画等情境。他们说话时，眼里泛着光，那一束束光深深地吸引着我。我想，眼里有光，心中有梦，脚下有路，这就是很好的诠释吧。

从创设情境再深入聊，聊到不是所有的班级、所有的课都适合使用同样的情境，有孩子马上说要结合学情来进行设计，哈哈，超有灵性。这群孩子，我真是越来越喜欢了。

最后，我建议孩子们在课后选取王维的任意一首诗设计一个方案，特别提醒创设情境，提炼方法，设计配套的多元评价表，达成教学评一致。

人生真是一场美丽的遇见。前不久，一次偶然的机会，我遇见了炳煌书记，炳煌书记就像一束光，温暖而不刺眼，照亮了我前行的路。继而，遇见躬行，遇见了这一张张明媚的笑脸。十八九岁，人生最美好的年华，这是梦的开始。我很开心，能在他们最美的年华里，与他们相遇。

时光不负追梦人，今天的所有努力终将收获累累硕果。希望所有的孩子，所有的人，包括我在内，在未来的道路上都能遇见光、追逐光、成为光。让我们一同坚守初心，一同追梦，一同做勇敢的追光者。

【童言童语】

学书法

“奶奶，奶奶！今天我必须和您商量件事儿！”

“什么事儿呀，我的乖孙孙，还必须呢？”

我拉着奶奶的手，撒娇地说：“奶奶，今天我看了荣荣和子凡的书法作品。哇！他们的毛笔字写得太好了！我也想像他们一样把字写得这么好，您能送我去学习书法吗？”

奶奶抱起我，微笑着说：“夹心，你每周要跳舞，还要上科学探究班，时间安排不过来，还是别去学了吧！”

“不行，不行！我就是想去学嘛！求求您啦！”我央求奶奶道。奶奶见我这样，便小声询问：“既然你那么想去，那就得和你商量商量，你必须舍弃周六睡懒觉的时间，奶奶才送你去。你看行不行？”我一听，不就是不睡懒觉了吗。没关系！不睡就不睡！“好，奶奶，我答应你的要求。一言为定，拉钩上吊一百年不许变！”我俩相互拉钩击掌，就这样愉快地决定了！

耶！我可以去学书法喽！我又多了一份写字的乐趣啦！

【写绘日记】

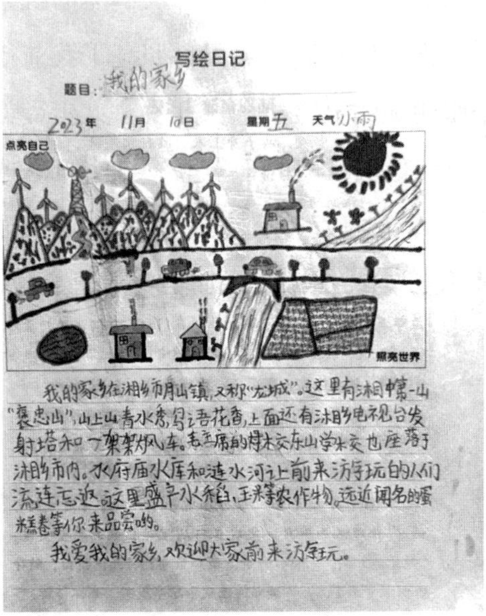

【教育信条】

改变，是一辈子的承诺；教育，是一代代的使命。

04 遇见·智慧

【绘本名片】

	书　名：司马光砸缸 作　者：哈皮童年（编绘） 出版社：江苏凤凰美术出版社

【故事导读】

一个叫司马光的小伙伴在玩耍时，他的朋友上官爬到了水缸上玩耍，不慎掉入水缸里。司马光临危不乱，用石头砸破水缸救出了上官，展现了他的机智和勇敢。后来，司马光成了一位非常有成就的政治家、文学家和史学家，主持编写了我国伟大的编年体史书《资治通鉴》。

【亲子阅读】

从前，有一个聪明的孩子，名字叫作司马光。有一天，司马光和自己的小伙伴在院子里玩捉迷藏，有人躲在树后面，有人躲在草丛中，有人躲在假山后面。

这时，意外发生了。躲在假山后的小朋友不小心掉进了假山下面的一口大水缸里，大水缸里装满了水，如果不及时将孩子救出来，恐怕就要溺水身亡了。

小伙伴们都吓傻了，有些孩子吓得边哭边喊，有的孩子赶紧往家里跑，想要向家人求助。只有司马光非常冷静地思考了一番，在附近找到一块大石头，直接向着水缸砸去。

只听“哗啦”一声，水缸直接被砸出个大窟窿，水缸里的水全部流出来了，掉进水缸的孩子也得救了。

【课例回放】

以《司马光砸缸》为例，读中华智慧少年

一、导入

1. 师：同学们，学校“中华智慧少年故事会”视频号即将开播，你们想参加吗？（出示海报）智慧少年知多少，现在老师要来考考你们啦！

预设：曹冲、孔融、司马光。

师：你们的观察很细致，我们今天要探究的人物就是司马光。

2. 板书课题，齐读课题。

3. 出示《宋史·司马光传》封面。

这个故事就出自《宋史·司马光传》，这部宋朝的史书总共为两千多个人物作过传记。

4. 出示《司马光》，了解文言文特点。

师：同学们看到的部分就是我们今天要学习的小古文，也是我们参加“中华智慧少年故事会”要讲的故事。你们注意到它和我们平时学习的课文比起来有什么不一样？

预设：短小、拗口。

师：你说很短小，这是你的直观感受；感觉很拗口，读起来不通顺，大

胆说出了自己的想法。

5.教师小结：古文虽然短小，但却蕴含着丰厚的意蕴呢！这就是小古文独有的特点——语言简洁、内容丰富。现在，就让我们一起走进这篇小古文，感受它的韵味吧。

二、授课

（一）古诗我来读

1.字字入目，字字音准

师：古文需要我们用心朗读，初读小古文，需要做到字字入目，字字音准，请大家读一读吧！

①自由朗读。

学习要求：自由朗读，注意读准字音，读通句子，读不通的句子试着多读几遍。

②在朗读的过程中，你们遇到过什么困惑吗？

预设：多音字“没”。

出示“没”字读音，你认为这个字在句子中应该读什么呢？

没（méi） a.没有，没用。 b.不曾。

没（mò） a.隐在水中。 b.隐藏。

师：结合字词解释，我们很快就把字音读准了。让我们把多音字送回文章里，再来读一读。

生齐读。

师：在朗读的过程中，有一个长句子，你们找到了吗？

2.读出节奏，读出韵味

预设：光持石击瓮破之。

师：哦，这个句子有点长，的确很难读。

像这样的长句子，我们可以尝试在读的过程中稍加停顿哦，来，试一试吧。

请生读。

师：大家赞成他的朗读吗？

①结合动词，指导朗读长句子

看来大家不太赞成你的朗读，那如何才能正确进行停顿呢？老师可以给大家一点小提示，瞧，你们发现了什么？

预设：持、击、破都是表示动作的词。

没错，正如你所说，这三个字都是动词，在古文的朗读中，讲究根据意思进行断句，老师用斜线将本句的节奏划分好了。请大家一起读一读。

生带读：光/持石/击瓮/破之。

师：大家可真会读。像这样读，就读出了节奏美。下面请大家听老师的朗读，边听边尝试划分全文节奏吧！

师示范读：群儿戏于庭，一儿登瓮，足跌没水中。

②划分节奏，再读课文

接下来请大家根据节奏，自己试着读一读。（自己读自己的，每个人有不同的感受和节奏）

生自由读。

古文会根据意思来断句，再拖长音做到音断气相连，老师已经把读好这篇古文的秘诀放到了黑板上。

③想展示读的同学起立读（注意背要挺直，声音洪亮，语句流畅）

④摇头晃脑读

古人读文章时讲究吟咏，读到入情时他们还会摇头晃脑，身子也跟着节奏摇摆起来，我们也来试试，好吗？

⑤去掉标点符号读

你们的朗读声仿佛让我们回到了千年前，让我们看看古人是怎样写文章的，原来，古人写文章是没有标点的，加上标点符号是为了便于大家理解，谁想挑战读一读？

⑥竖排版读

古人写文章还是从右往左竖排来写的，你们能依着古人的章法读吗？我想请男女生比赛读。

⑦师：越读就越有韵味了，短短的30个字，我们就能读得如此有声有韵有味，大家觉得读古文还有那么难吗？大家都是读古文的小达人，让我们把掌声送给自己。同学们，要讲好这个故事，我们还得在读好这个故事的基础上读懂这个故事哦！

3.读懂文意，读出故事

师：同学们，要想讲好故事，你们认为需要了解哪些内容？

预设：谁？在哪里？干什么？怎么样了？是的，讲故事前需要弄清楚这些内容，下面就让我们走进小古文，了解重要信息吧！

（二）人物我来品

1.弄清故事人物

①圈画出故事中出现的人物。

②说一说你在古文中找到的人物。

预设：群儿、一儿、众、光。

你找得十分全面，这些人物究竟指的是谁呢？和你的小伙伴交流交流吧！

你的手举得很快，你先说。你知道了“群儿”指的是“一群小朋友”，“一儿”指的是掉进瓮里的孩子，最后一个“儿”字也是指掉进瓮里的孩子。还有需要补充的吗？

预设：“众”指的是一群小朋友，但不包括司马光和掉进瓮里的孩子。

师：你们真是一群爱思考的孩子。请你们一起告诉我“光”指的是谁？

预设：司马光。

2.练习句式说话

①出示句子“群儿戏于庭”，说说这一群孩子一开始在庭院里做什么？

预设：做游戏。

②抓住了“戏”字，在庭院里玩游戏的孩子有很多，他们都在玩什么游

戏呢？

提示：他们有的______，有的______，有的______。

在古文中“有的”可以用“或”字来表示，那么我们也可以运用这一个句式来说一说他们的活动。

群儿戏于庭，或______，或______，或______。

③师：同学们的想象真丰富，我好像看到一群活泼的孩子在庭院里玩耍，读——群儿戏于庭；好像听到了他们爽朗的笑声，读——群儿戏于庭。

小结：瞧，讲故事时将这些快乐场景加进去，故事就更生动了，这是我们学习小古文的一个好方法——想画面。（板书：想画面）

3.了解“瓮”的含义

正在大家玩得高兴时，一个孩子爬上了瓮，你们知道“瓮”是什么吗？

①结合注释，说出“瓮”的实际含义。

预设：盛物的陶器，口小肚大。

师：你是怎么知道的？

没错，读注释是我们学习古文的好方法，你真是学习小专家，为大家找出了学习古文的第二个好方法。（板贴：读注释）

②出示插图，了解“瓮”的样子。

师：你高高地举起了手，还有补充，请你来说。

预设：结合课文插图，我知道了瓮的样子。

师：你有一双善于发现的眼睛，插图里也隐藏着“瓮”的样子，这也是我们学习古文的好方法——看插图。（板贴：看插图）

③拓展“瓮”，朗读和积累。

师：老师也带来了一个小视频，帮助你们更好地了解瓮。

播放视频。（画“瓮”）

在古代，这个“瓮”的作用特别大，司马光庭院里的这个瓮用来装水，我们叫它——水瓮，由此你还能想到哪些“瓮”？

预设：新瓮。

有时候这个“瓮”字还会跑到成语故事里去，你知道哪些含有“瓮”的成语吗？

预设：请君入瓮、瓮中捉鳖。

师：你们的课外知识真丰富。

4.想象说话

①展现登瓮画面，播放掉瓮声音。

②孩子们，当你和同学一起玩耍时，看到伙伴跌落到了水中，你的心情怎样？

预设：害怕、慌张。

③看到这令人紧张、害怕的一幕，众孩可能会有怎样的表现呢？请大家小组合作讨论，想象说话：一儿______，一儿______，一儿______。

师：老师看到大家都讨论得十分热烈，请你来说一说众孩的表现。

师：原来看到这令人紧张、害怕的一幕，大家都感到不知所措，这用文中的四个字来代替，那就是——众皆弃去。仅仅四个字，我们就想象到了这些惊慌失措的场景。

5.感受人物品质

①就在大家慌乱之时，年仅七岁的司马光是怎么做的？

生读并出示：光持石击瓮破之。

②师：你为什么用这样坚定的语气来读这句话呢？

预设：当时情况紧急，不能有一丝犹豫。

师：是啊，让我们一起来读出当时的情形。

在这样紧急的时刻，司马光使劲搬起大石头，女生读——

要把瓮击破得用力啊，男生读——

人命关天，不能有一丝犹豫，齐读——

③最后结果如何？

预设：水迸，儿得活。（画瓮破）

此时你看到了一个怎样的司马光？

预设：机智勇敢、沉着冷静。（直接边说边写）

（三）故事我来讲

1.借助故事地图，小组合作讲故事

同学们，今天我们通过想画面、读注释、看插图的方法学习了司马光这篇小古文，现在让我们借助故事地图，试着讲一讲这个故事，准备参加故事会吧！讲故事前，我们先来看看这些要求。

学习要求：以前后四人为一组讲故事，出示评价标准：①故事完整，有“料”。②配上动作，有“范”。③发挥想象，有“趣”。用自己的话来讲故事，相信你能讲得很精彩。

师：现在，谁可以来试着展示一下?

预设：一天，一群小朋友在庭院里玩耍，有的在玩捉迷藏，有的在讲故事，有的在跑步。就在这时，一个调皮的小朋友爬上了高高的瓮，一不小心掉进了瓮里，被水淹没了。大家都被吓坏了，哭着喊着跑去叫大人，只有司马光留在了原地，他拿起大石头朝瓮狠狠地砸去，最后，瓮破了，里面的水流了出来，那个小朋友得救了。

师：感谢你的表演，同学们，结合评价标准，你们认为他可以拿到几颗星呢?

预设：三星。

是呀，故事很完整，想象很丰富，而且配上了动作，听起来很有趣，“三星故事”非你莫属。

2.挑战读古文

群儿戏于庭，一儿登瓮，足跌没水中，众皆弃去，光持石击瓮破之，水迸，儿得活。

根据提示尝试背诵。

接下来老师想请大家一起穿越时空，到达现场，让我们带上动作根据提示来读一读。请全体起立。放心大胆地读，想象你此刻就在故事发生的现场，让我们读出司马光的气势。

三、小结

1.好一个司马光！好一个破瓮救友！大家精彩的表演让我们再次感受到了小古文的趣味，但是我们的古文学习之旅才刚刚开始，希望大家都能用课堂上学习小古文的方法，去更多的故事中了解更多的智慧少年。

2.同学们，赶紧报名参加我们学校举办的“中华智慧少年故事会”（出示海报、二维码）吧！老师期待你们的精彩表现！

【乡村手记】

感恩遇见

——2023年一师培训有感

时光总是如此匆匆，转眼，一师的培训圆满结束。

说实话，我不知道，此次培训是否圆满。坐在教室的角落里，看不到黑板，听不太清老师的讲课，毕竟，学习真的需要适合学习的位置。嘿嘿，第一次如此佛性地学习，权当修行了。也挺好。

尽管如此，印象深刻的课还是有的。肖劲松校长的课自不必说了。理论与实战相结合，适合我和我们。来自湘乡本土的专家，了不起。肖校长我们的印象是儒雅，是学者的风范。其实，认识肖校长已经许多年。“弱水三千，只取一瓢饮”仍在耳畔，仔细算算，该八年有余了，但印象尤为深刻。正儿八经听肖校长的讲座，还是第一次。惊喜多多，毕竟“喜”多多，“惊”亦多多啊！的确是没想到，肖校长会喊我回答问题，也没想到，我竟好像答不上来，脑子里有信息技术2.0，有评价量表，唯独没有想到“结合学情”，嘿嘿，挺不好意思，但这些年我的脸皮已修炼得够厚，没事，照样刷一师的卡，照样干该干的活，照样加该加的班。不过，“结合学情”这茬儿，我是记住了，不仅仅是记住，应该是扎心底了。下次，一定灵活运用。

开启美好人“声”，是听觉良好的一堂课。原来，令耳朵“怀孕”是这种感觉，挺好。播音员的确不一样，气息、语调、情感恰到好处，堪称完美。对于朗诵，我也是喜欢的。只是停留于喜欢，没有很好地去突破，特别是近几年，校长岗位上太多繁杂事，占据了我太多时间，耗费了我太多精力，以至于许多我喜欢做、想做的事，被耽搁了。如果有时间，趁自己还不太老，应该好好练练，也算不负自己曾经的喜爱吧。

国学嘛！很深奥！老师学识渊博，可惜我的造诣达不到这个层次。原谅我，真的没听太明白。辜负了！抱歉抱歉。同时，我也在想，早几年，我带领学校师生的经典朗诵与吟诵，包括古诗新唱，似乎也算国学的传承。2018、2019年，连续两年、多次开展的“吟诵经典，传承文明”等活动，孩子们、家长们和老师们全员参与的形式多样的朗读、吟诵就是很好的传承方式。也许，那样的方式更适合我们，至少更适合我们偏远学校的孩子。适合的，就是最好的，我始终如此觉得。

昨天下午和今天上午的课堂，实在是精彩。不得不佩服老师们的素养以及她们背后的团队。佩服，也很羡慕。上课、磨课，是一个痛苦的过程。但痛苦之后的蜕变是极其喜悦的。尤为喜欢昨天的《〈小英雄雨来〉整本书阅读》和今天的《〈宇宙的另一边〉习作指导》，灵动、活泼、有趣的课堂，教师的教学功底与教育智慧了不得。

然后，然后，其他的课，就不一一回顾了。坐在角落里，光靠耳朵那么一听，脑子的确不那么好使，见谅见谅。

不过，“国王与天使”的游戏，我倒是记得很真切。一直忙着信息技术2.0和一些琐碎的事，也没有给我的女王准备她心仪的礼物，好在，我们是同桌嘛。她很漂亮，很努力，很好学，这样的女王，我很喜欢。今天中午，特地在外边为她买了一束向日葵，祝海燕小仙女向阳生长、心想事成吧。

我的天使有两个。一个是抽签决定的，一个是我的室友，她们都给了我许多温暖与感动。昨晚，我意外地收到了一大袋礼物，蒸汽眼罩、饮料和香喷喷的柿子，寓意“柿柿如意”吧，很有心，很贴心。特别是便笺纸上的文字——愿您在未来的年岁与前行的征途中肆意穿行，能摘自己的月亮和风。特别感动！诗意的文字，很好奇这是何方奇女子？今天，终于揭晓，歆钰小仙女，诗意的名字，好听，喜欢。回赠鲜花，祝福歆钰小仙女心想事成，一路花香。此外，我还得说说我的室友，“姹紫嫣红”都没法企及的嫣红，这么多天，一直陪伴我，陪吃陪逛陪加班，特别暖心的一枚小仙女。感谢感谢！

培训已结束，感动在延续！中午，杨丽老师说：“陈校，我想帮你拍照，但都没机会。”我知道，我没有参与互动。组长分配任务时，我主动提出不参与互动，是因为我想把展示的舞台更多地留给年轻老师，不再年轻的我就不露脸了，脸上的褶子就留给自己慢慢欣赏吧。哈哈。不过，杨丽老师的关注与惦念令我感动。还有，上车时，杨丽老师与我们每一位学员的深情拥抱，真的特感动！

何其有幸，遇见这么多的感动！从心底里，感恩所有的遇见！后会有期！期待，我们再相遇，在每一个春暖花开的日子。

【童言童语】

我们的约定

我是个爱读课外书的小男孩。晚上，我正在房间里看《博物馆系列》，当我看得津津有味时，一件精美的青铜器——四羊方尊出现在我眼前。哇！我真想去北京亲眼看看啊！可是，北京这么远，怎么去呢？

我想这只有妈妈可以帮我完成吧。于是，我跑到妈妈房间和她说了这件事，妈妈一听，坚决地说：“不行！北京这么远，怎么去啊？”我继续哀求妈妈说：“求求您了，我真的很想去，就带我去嘛。”可妈妈就是不答应。怎么办？硬磨不行，看样子得“智取”了啊！于是，我撒娇地走到妈妈后面捶着背说：“妈妈，古人说，读万卷书不如行万里路呢，您看我每天读了这么多课外书，就是纸上谈兵啊！”妈妈听完微笑着说：“嗯，你说得也有道理，不过，你如果想去北京就得期末考试进入前三名，行不？”我一听毫不犹豫地答应了，这就是我和妈妈商量好后达成的“君子协议”。

我必须好好地学习，才能实现我梦寐以求的愿望啊！

【写绘日记】

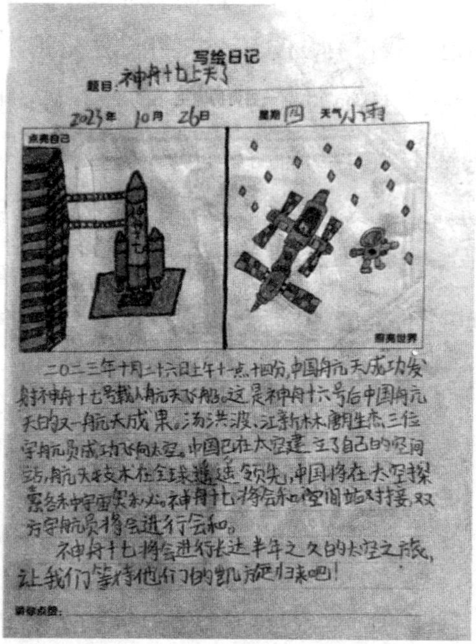

【教育信条】

先生不应该专教书，他的责任是教人做人；学生不应该专读书，他的责任是学习人生之道。

05
遇见·信念

【绘本名片】

	书　名：小红帽 作　者：格林兄弟 出版社：长江出版社

【故事导读】

从前有个人见人爱的小姑娘，喜欢戴着祖母送给她的一顶红色天鹅绒的帽子，于是大家都叫她小红帽。有一天，母亲叫她给外婆送食物，并嘱咐她不要离开大路，走得太远。小红帽在森林中遇见了狼，她从未见过狼，也不知道狼生性残忍，于是把来森林中的目的告诉了狼。狼知道后诱骗小红帽去采野花，自己跑到林中小屋去把小红帽的外婆吃了，并装成外婆，等小红帽来找外婆时，狼一口把她吃掉了。后来一个猎人把小红帽和外婆从狼肚里救了出来。后来人们就用小红帽来比喻天真幼稚、容易上当受骗的孩子。

【亲子阅读】

从前，有一个小女孩，总喜欢戴着一顶天鹅绒的红帽子，人们就叫她

“小红帽”。

一天，小红帽的姥姥生病了，妈妈让小红帽给姥姥送些点心和水果，并叮嘱她在路上不要贪玩。

小红帽提着点心，朝大路上走去。

一只大灰狼在路旁跟小红帽打招呼：“小红帽，急急忙忙往哪里去啊？”

“狼先生，早上好，我去看姥姥。”小红帽回答道。

“你应该采一束鲜花送给姥姥。”

大灰狼把小红帽引进花丛中，小红帽看到这么多花儿，高兴得采了一朵又一朵。

大灰狼说：“多采一些吧，山那边的花儿更多更美。”

大灰狼来到姥姥家轻轻敲门，姥姥问：“谁啊？”

大灰狼说：“我是小红帽。”

“我不能起来，你按一下门把手，门就开了。”

大灰狼打开门，朝床上扑去，一口吞下姥姥，又穿上了姥姥的衣服，戴上她的帽子，躺在病床上等小红帽。

小红帽采了一大把鲜花，蹦蹦跳跳地来到姥姥家门前。

小红帽看见姥姥躺在床上，她问：“姥姥，您好点了吗？您的耳朵为什么这么大？”

“耳朵大，听得见人说话。”

“哎，姥姥，您的眼睛为什么这么大？”

“嗯，眼睛大，看得见你啊！”

“您的手为什么这样长？嘴为什么这样吓人呢？”

“为了抓到你，吃掉你啊！”

大灰狼跳下床，一口就把小红帽吞进肚子里。

大灰狼肚子吃胀了，躺在床上呼噜呼噜地打鼾。

一个猎人走过窗外，发现大灰狼躺在床上，肚子特别大。猎人正要开枪，一想：“不行，它可能吃了姥姥。”他拿起桌子上的剪刀，把大灰狼的肚皮剪开了，小红帽一下子跳了出来，姥姥也从大灰狼的肚子里出来了。

他们搬来了一块大石头，塞进大灰狼肚子里，拿来针线，把狼肚子缝了起来。

大灰狼睡醒了，来到河边喝水，肚子里的石头太重，一失足掉进河里淹死了。

小红帽和姥姥得救了，她们高兴地吃着点心和水果，听森林里的小鸟给她们唱歌。小红帽回家后向妈妈保证："今后再也不贪玩，再也不和陌生人讲话了。"

【课例回放】

《小红帽》绘本阅读交流

一、导入

1.今天，老师给同学们带来了一位新朋友。你们看看，她是谁呀？（小红帽）

2.小红帽可爱吗？你们喜欢吗？这节课，让我们一同走进《小红帽》这个绘本故事。

二、授课

（一）故事我会说

1.场景一：出发前

师：小红帽和妈妈住在一座漂亮的房子里，挎着篮子的小红帽要去一个神秘的地方，她要去哪儿呢？你们想知道吗？老师想请一位同学来朗读。

出示句子：有一天，妈妈烤了一篮子蛋糕，让小红帽给生病的外婆送去。“顺着这条路穿过森林就到了，不要在路上贪玩哦！”妈妈叮嘱她。小红帽拿着篮子飞快地走了。

（去外婆家，妈妈说不要在路上贪玩。）

2.场景二：来到森林里

师：小红帽来到森林。

出示句子：林间的小路边上开满了漂亮的野花，小红帽边走边玩，摘了很多花朵。走着，走着，小红帽遇到了一群活泼可爱的动物。

问：①森林里有哪些动物呢？让我们一起聆听，在音乐中寻找答案。（小鸟、刺猬、兔子等）

②请你选择一种喜欢的小动物表演一下。

③森林里来了这么多的小动物，她的心情是怎样的？（开心的、愉快的）

师：小红帽的外婆住在又远又僻静的地方，她翻越一座座小山丘。小山丘延绵起伏，我们一起跟着音乐把小山丘的幅度画出来好不好？（注意：音高的地方往高处画，音低的地方往地处画）我们一起来……

师：同学们表现得非常好，刚才我们一共画了几条旋律线？（六条）对的，六条旋律就像六座小山丘。小红帽经过这么多的小山丘看望外婆，是一个怎样的孩子？（善良、孝顺）

3.场景三：遇到大灰狼

师：小红帽走得有些累了，正想停下来休息一会儿，突然……（播放狼的音乐）

问：①这段音乐带给你怎样的感受？（这段音乐的速度比较快，给人紧张和不安的感觉。）

②你们猜猜可能出现了一种什么动物？狼是一种什么样的动物？（凶恶、残暴）

③刚才小红帽在森林里时还是欢快活泼的，遇到大灰狼后变得怎样了呢？（紧张、担心、害怕）

④请全班女生表演小红帽，男生表演大灰狼。（播放音乐）

⑤请同学们想一想，小红帽遇到大灰狼后，可能会发生怎样的事情呢？

（小红帽可能被大灰狼吃掉了；小红帽被勇士救走了；小红帽没被大灰狼吃掉，她凭着自己的勇敢机智战胜了大灰狼。）

出示句子：狡猾的大灰狼并没有吃掉小红帽，而是打听到了小红帽外婆家的地址，抄近路朝着小红帽的外婆家跑去。“咚咚咚……”大灰狼敲着外婆家的门。“谁呀？”外婆问。大灰狼说：“外婆是我，小红帽，您的孙女呀！”“小宝贝，快进来吧！”外婆高兴地回答。

①请两位同学分角色朗读对话。

②外婆打开门后，会发生怎样的事情呢？

③这段故事，让我们明白了一个什么道理？

4.场景四：战胜大灰狼

大灰狼吃掉外婆后，装扮成外婆，躺在了床上。这时，小红帽也来到了外婆家。

她边敲门边问：“外婆，我可以进来吗？”

大灰狼压低了嗓音说：“宝贝，快进来吧！”

小红帽进了屋，觉得怪怪的，就问道：“外婆，为什么你的声音低低的？”

“因为我生病了呀！”

“外婆，你的手为什么这么大？”

“这样就可以更好地抱你呀！”

“外婆，你的嘴怎么这么大？”

“嘿嘿，当然是为了……吞掉你呀！”

大灰狼正想吞掉小红帽时，猎人出现了，他拿起了枪，“砰”的一声把大灰狼打死了。猎人拿出小刀划开了大灰狼的肚子，外婆得救了。

小红帽在猎人的帮助下，最终战胜了大灰狼。这时，太阳快要下山了，她心想着：我一定要在下山之前赶回家，同妈妈一同进入梦乡。

问：①想一想，小红帽回家后，妈妈会对小红帽说些什么呢？我们一起来采访小红帽的妈妈。（表扬她，小红帽你真是个好孩子。）

②请两位同学分别来扮演小红帽与妈妈。

③你们认为小红帽是一个怎样的孩子？（可爱、善良、孝顺、聪明、勇敢、懂事的孩子）

④从这个绘本故事中，你懂得了什么道理？（要听妈妈的话，不要在路上贪玩；要向小红帽学习，做个善良孝顺的好孩子；不要随意把家庭地址，个人信息告诉别人，小心上当受骗；我们要像小红帽一样，遇到大灰狼也不要害怕，做个聪明勇敢的好孩子。）

师：在生活当中虽然没有真正的大灰狼，但遇到坏人时，我们要保持冷静，用勇敢和智慧战胜他们，保护自己。

（二）故事我来唱

刚才我们说了《小红帽》绘本故事，那你们想不想跟着老师一起来学唱《小红帽》的歌曲呢？我们一起聆听歌曲《小红帽》。

1.聆听歌曲《小红帽》

问：这首歌曲的速度和情绪是怎样的？（中速，高兴的、开心的）

师：同学们，这是一首非常优美的歌曲，你能跟随音乐一起轻声哼唱吗？

2.跟随音乐哼唱歌曲

同学们都很认真，从你们的歌声中，老师能感受到你们和小红帽一样，是个可爱、善良、勇敢的好孩子。那你能和小红帽一起大声演唱吗？（演唱时像小山丘的起伏一样，注意呼吸，好吗？）

3.全班同学一起演唱歌曲

（三）故事我会演

师：同学们，你们的歌声非常好听。老师为你们准备好了头饰、道具和一些打击乐器，请你们小组交流合作，选择喜欢的方式进行绘本故事创编表演。下面开始吧！

方式：故事演讲、用打击乐器为歌曲伴奏、歌舞表演、情景剧表演

1. 小组合作与探究，进行绘本创编活动。

2. 小组表演创编成果。

3. 学生评价，教师点评并颁奖。

三、小结

同学们，今天我们读了绘本故事《小红帽》，还学唱了歌曲，进行了绘本创演，你们真是棒棒哒！我们也要像小红帽一样，做可爱、善良、孝顺、勇敢的好孩子。课后，我们还可以用今天的方法阅读更多的绘本故事哦！

【乡村手记】

家　访

课辅结束，阳光依然灿烂，随即踏上家访之路。

从栗山湾出发，途经云南村村部，一跃而上，至白毛冲，辗转高峰组，再到赤脚冲，过天桥，经长田学校，到月山湾，再转过塘托，到莫家冲，经石乔市，辗转石佛、月山、云南、青坪四个村，暮色渐起，终于归家。

父亲早已电话催促，并在门前等候。母亲在厨房忙碌，准备了一大桌丰盛的饭菜。文老师也已家访回家。晚餐时间，一家子议工作、谈见闻、悟人生，其乐融融。

晚餐后，邀请父亲与我同行，去振武、朵朵家。崎岖而泥泞的小路，十八弯，终于到达他们家。他们的奶奶住院了，爷爷正在剁猪菜，他们在写作业，还未做饭。爷爷说："家里条件不好，喂了十头猪，勉强补贴家用，幸亏小朋友很懂事，辛苦也值了。"哽咽的声音，道不尽生活的无奈与沧桑。

一路上，几多感触，几多辛酸。乡村孩子不容易，乡村教育更不容易。像振武和朵朵这样的留守儿童，我们学校还有挺多。记得那年冬天，天气很冷。婧和婕这对双胞胎衣着单薄，我带头集资，并发动学校老师为她们购置冬装。一周下来，羽绒服、棉裤、毛皮鞋、帽子等，双胞胎姐妹每人一套，购置齐备。星期天下午，我和父亲带着老师们的爱前往他们家，崎岖不平的道路，山路十八弯，绕了许久才到达她们位于近乎山顶的家附近。车子无法再前往，我和父亲深一脚浅一脚地走在泥泞的道路上。终于到了，他们一家子正在烤火，看到烧得正旺的柴火，我多么希望他们的生活也如这柴火一般红红火火啊！好在他们一家都很勤劳，相信会越来越好的。双胞胎姐妹试好衣服，满脸的灿烂，看着她们那可爱劲儿，我的心底很温暖。

这些年，我一直在乡村，看到了太多太多令人心酸的事儿。我也一直在想，我能为他们做点什么。我知道，凭我一己之力，真的很难改变。一次偶然的机会，我遇到了汀汀公益，并申请了校服计划，没想到，顺利通过。那年，我们的孩子穿上了人生的第一套校服。他们脸上洋溢着的喜悦，是对我最好的回馈。

立于乡村，许多时候，从心底里期盼，生活能善待每一个努力生活的人，给予人们希望与力量。我也将和我的父亲一起，在乡村这片沃土上，将爱传递给每一个孩子。

【童言童语】

春游出行前

春天来啦，趁着这好天气，全家决定去春游，于是我们开了个小会商量到底去哪儿玩。

我是第一个发言的。我说：“我们去方特欢乐世界吧，电视里天天说，游方特，成就欢乐梦想！所以我要去方特寻找自己的‘梦想’。而且，那里有各种各样刺激的游戏项目。比如过山车、海盗船、摩天轮……想想都刺激。”当我还陶醉在其中时就被妈妈的话打断了。

妈妈说：“你和弟弟都太小了，有些游戏项目不安全。春天到了，到处鸟语花香，我们去长沙植物园赏花吧！”

我连忙反驳：“不行！不行！弟弟对花粉过敏。”

爸爸接着说：“不如我们去长沙动物园吧。不仅弟弟喜欢动物你也喜欢。”

我跳起来欢呼：“好啊！好啊！我平常最喜欢看《动物世界》和《动物百科全书》，这次能亲眼看看书里面的那些动物，实在是太兴奋了！”

经过一番商量，我们愉快地决定去长沙动物园。我已经兴奋得睡不着觉了，希望周末快点到来。

【写绘日记】

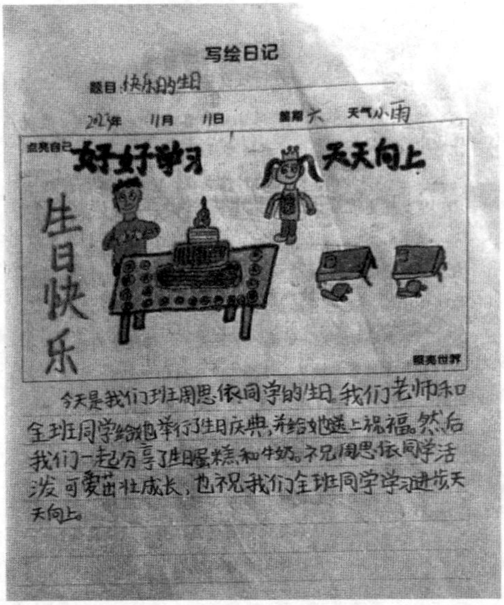

【教育信条】

教育是讲责任的事业；教育是求真务实的科学；教育是讲良心的艺术。

（二）成长

06
成长·感恩

【绘本名片】

书　名：我长大了！
作　者：安西娅·西蒙斯（文）
　　　　乔吉·伯基特（图）
出版社：青岛出版社

【故事导读】

自从二孩政策开放以来，二孩的话题就成了热点。如何让习惯了独宠的孩子接纳新的家庭成员？如何让大宝不觉得因为小宝的出现而吃醋？如何让大宝依然感觉到父母的爱并没有改变？《我长大了》是一本适合亲子共读的绘本，让孩子学会分享，享受成长，懂得手足情深。

【亲子阅读】

家里有了新的婴儿，我不再是婴儿了，小弟弟做的事我以前也都做过。

不过我有时候还是想当婴儿，就像以前一样，所以我玩起了新的游戏。

这是我用过的婴儿床，现在是弟弟的了，不过我还是可以挤进去，你看就像这样。

妈妈笑着把我高举起来，然后放回地上。“宝贝儿，你是我的大女孩儿，不再是小孩子啦。”

这些婴儿服装我都很喜欢，想再穿穿看，但是它们都太小了，因为我的腿长长了。爸爸笑着逗我说：“你个头儿太大，这些都穿不了了，还是换上你可爱的大女孩儿服装吧。”

婴儿在吃他的糊状食物，弄得满头满脸都是。而我吃着香脆的麦片，全身上下干干净净。

“要不要帮你把早餐弄成泥呀？”妈妈逗我说。

“不要，我可以用我大女孩儿的牙齿吃大孩子的食物了，你知道的。”

婴儿躺在换尿布的垫子上，看起来不太开心的样子。

“你以前也是这样，也不喜欢换尿布。”爸爸说。

我不再穿纸尿裤了，而是使用小马桶。现在我是大女孩儿了，我要做大孩子该做的事。

婴儿在玩我以前玩过的东西——积木、玩偶、图画书，当我想把它们拿回来时，他就哇哇大叫。

奶奶笑着把我揽到她怀里，紧紧地抱着我，温柔地抚摸着我的头发。

我有了新的汽车安全座椅，可以挺着身子坐得稳稳当当的。

婴儿躺在我用过的安全提篮里，一直哭闹个不停。

“小弟弟，别担心，我们很快就到了。”我为他唱着歌，这样能让旅途变得轻松愉快一些。

婴儿坐在我以前用过的婴儿车里，而我到处跑，我穿着小雨靴去踩地上的水洼儿，水花四溅真好玩。

我不需要坐婴儿车了，我可以蹦蹦跳跳。我不再是婴儿，我已经长大了，有更多的乐趣。

小弟弟和我一起玩新的婴儿游戏，我们开心地尖叫、大笑，在地上爬来爬去。

如果小弟弟不开心，我就会抱抱他，哄哄他：“我们已经不是婴儿了，有一天你也会长大的。”

婴儿最喜欢洗澡，现在他和我一起洗，我们在浴缸里弄出波浪，假装正航行在海上。

妈妈用浴巾把我们裹起来，紧紧地抱在怀里："我的女儿和儿子都是我可爱的宝贝。"

婴儿躺在他的小床上睡着了，我悄悄地去看他，他有毛绒小兔陪伴着，我有我最喜欢看的图画书。虽然当个婴儿很好，但有时也很无聊，我觉得大女孩儿能做的事更有趣。

玩闹了一整天，现在我很累了，我已经听过睡前故事了，这是结束一天的最佳方式。爸爸妈妈在我耳边轻声说："晚安，晚安，我们的小星星！不管长得多大，你都是我们的宝贝儿！"

【课例回放】

"我们十岁啦"主题班队活动

一、导入

十岁生日，是一个快乐的纪念日，也是队员们成长的界碑。十岁，意味着应该告别幼时的淘气、顽皮，学会更多的本领，懂得更多的道理，承担更多的责任，付出更多的关爱。

二、授课

（一）成长趣事我诉说

主持人：十岁，值得纪念的日子；十岁，充满成长的足迹。今天，我们十岁了。人生的第一个十年，有喜悦，也有迷茫，更多的，应该是对未来的美好憧憬。人生的第一个十年，感谢爸爸妈妈的养育，感谢老师的教导，感谢朋友们的陪伴，也感谢一直努力的自己。人生的第一个十年，队员们又有着哪些印象深刻的乐事儿、趣事儿呢？让我们一起回味吧！

（观看队员们精心录制的视频）

示例：

队员1：小时候，我最喜欢看奶奶喂的那群可爱的小鸡了，暖暖的阳光下，一团团嫩黄嫩黄的颜色，毛茸茸的，像极了圆圆的小球。看着它们憨呆而可爱的模样，我拉着奶奶的手，问：“奶奶，小鸡是怎么生出来的啊？”奶奶戳戳我的小鼻子，说：“当然是鸡妈妈孵出来的啊！”我听了，豁然开朗。晚上，我偷偷地从奶奶的柜子里拿出几个鸡蛋，放在被子里，学着鸡妈妈的样子，孵起小鸡来。谁知，第二天早上，被窝里全是鸡蛋黄，把我给吓坏了，结果还被奶奶臭骂了一顿。

队员2：上一年级的时候，我去家门口的小河里捉螃蟹。我挽起裤脚，站在漫过小腿的河水里，像模像样地在河底的石缝里摸索着。突然，我的腿像被什么东西咬了一般，好疼。我转过头一看，哇，是蚂蟥，我吓得坐在河里大哭起来，两腿直蹬，可是，蚂蟥越咬越紧，我大声喊：“爷爷，救命，救命啊！”爷爷听到我的叫声，飞快地跑过来，将我从水里拎起，一巴掌朝蚂蟥拍去，蚂蟥被爷爷吓跑了，我也被爷爷嘲笑了好几回。

队员3：有一年，学校的樱桃树开花了，老师带我们观察樱桃花，认识雌蕊、雄蕊，我意外地发现有两朵花竟然有两根雌蕊，老师还夸我观察仔细呢，我开心极了。过了没多久，樱桃树长满了绿叶，结了果子，等果子成熟的时候，老师带我们去摘，要我们品尝果子的味道，我悄悄地把樱桃放进衣服口袋里，带回家给妈妈吃，看着妈妈脸上的笑容，我很开心。

主持人：哇！队员们第一个十年的生活可真是多姿多彩啊！人生第一个十年，我们开心时，大声地笑，生气时，放声地哭，无所畏惧，因为爸爸妈妈、爷爷奶奶、老师同学都会默默地支持我们，开心着我们的开心，我们生气时，他们总是想方设法地鼓励我们，从不苛责。现在，我们长大了，我们不能再有事没事要点小脾气啦，因为我们已经十岁啦！

（二）成长之路您相伴

主持人：成长路上，感谢爸爸妈妈、爷爷奶奶的细心照顾，感谢老师的耐心教导。今天，我们将牵着你们的手，大步迈向“感恩成长门”，从此，我们不再任性，不再放肆，不再惹你们生气，因为，我们十岁啦！

1.携手走过“感恩成长门”

由爸爸妈妈、爷爷奶奶或老师牵着队员的手，郑重地走过“感恩成长门”。

2.队员现场表达感恩之情

走过“感恩成长门”，队员们与爸爸妈妈、爷爷奶奶或老师来个大大的拥抱，说一句感谢的话。

（三）感恩成长我行动

主持人：此时，我相信每一位队员心中那颗“感恩”的种子已渐渐生根发芽。近来，在队委会和各小队队长的组织下，我们分小组参与活动，将“感恩成长”落到了实处，请看视频！

（播放视频，内容为：和爸爸妈妈视频，嘘寒问暖；帮自己的爷爷奶奶做饭、捶背、洗脚，感恩爷爷奶奶的养育；来到退休教师陈新庚老师家，与老师拉家常、谈心，感恩老师的教导……）

主持人：成长的路上，我们的心里多了一份责任；成长的路上，我们的肩膀上多了一份担当。心怀感恩，就是我们成长的最好见证。各小队棒棒哒！今天，各小队还集思广益，用自己的方式表达对父母、师长的感谢哦！

各小队展示：

示例：

雏鹰小队：绘画，送祝福语

启航小队：手工

晨曦小队：朗诵表演

（四）成长祝福我接收

1.切蛋糕，品快乐

主持人：各小队的表现真是棒棒哒！为你们点赞！今天，我们的爸爸妈妈还为我们准备了礼物哦，是什么呢？闭上眼睛，让我们一起倒数：5、4、3、2、1。

（家长代表将事先准备好的蛋糕点上蜡烛，摆上讲台）

主持人：哇！好漂亮的蛋糕啊！让我闻一闻，好香啊！有没有流口水？来，让我们一起切蛋糕，品快乐吧！

（全场人员齐唱生日歌，队员切蛋糕，品蛋糕，享受爸爸妈妈、爷爷奶奶、老师的爱与祝福。）

2.送祝福，助成长

主持人：甜甜的蛋糕，一直甜到了我们的心里。满满的仪式感，终将成为我们最美的回忆。现在，我们的爸爸妈妈、爷爷奶奶、老师有话要对我们说哦！请看视频。

（播放视频，内容为：家长代表、科任老师代表对他们的祝福与期望。）

主持人：队员们，通过今天的《我们十岁啦》主题展示活动，我们收获了满满的祝福与感动，从心底里萌发了责任与担当的种子，请大家把“红星章”争章表格填好，做好自我评价和小队评价，我们将根据大家争章的情况，在下一次队会上举行颁章仪式。下面，有请我们亲爱的辅导员陈老师讲话。

三、小结

队员们，我们诉说成长趣事，与师长携手走过“感恩成长门”，吃蛋糕，用自己的行动感恩师长，我们切切实实感受到了成长的幸福，体会到了成长的快乐。相信，通过这次活动，大家一定对成长有了更深的认识。队员们，希望你们从现在做起，从小事做起，心怀感恩，树立理想，勇往直前，成为担负民族复兴大任的时代新人。

【乡村手记】

遇见幸福　在感恩中成长

感恩是一首诗，一首荡气回肠的诗；感恩是一幅画，一幅色彩斑斓的画；感恩是一支歌，一支优美动听的歌。感恩，如诗，如画，如歌……

而快乐公益天使们的微笑，向世人诠释着“大爱无言，感恩常在”。

10月28日上午，久违的阳光，永远的感动……月山镇栗山学校迎来了一批尊贵的客人——长沙快乐公益的天使们，他们带着爱与祝福，走近每一个孩子，走进每个孩子的心灵。

上午十时许，周瑞华、陈彩两名旗手就位，全体肃立，少先队员行队礼。激昂的国歌声中，五星红旗冉冉升起。全体师生手舞小红旗，齐声歌唱《我和我的祖国》。嘹亮的歌声，响彻整个校园；拳拳爱国心，日月可鉴。“我感恩，我成长”快乐公益爱心捐赠仪式暨感恩成长礼徐徐拉开帷幕……

捐赠仪式上，我代表全体师生及家长热烈欢迎快乐公益天使们的光临，感谢天使们对孩子的关爱。“连日的小雨和低温，今天，太阳突然出现在学校的上空，多么神奇！上苍一定也被快乐公益天使的善举感动了！”我说，“快乐公益不仅为孩子们带来了物质上的帮助，更重要的是，为孩子们带来了精神上的鼓舞！”同时，我教导孩子们以快乐公益叔叔阿姨们为榜样，热爱祖国、热爱学习、懂得感恩，做一个对社会有用的人。

快乐公益志愿者代表发表了热情洋溢的讲话，对孩子们寄予厚望，并鼓励他们好好学习、奋发图强，成为祖国的栋梁。

五年级的张婷婷代表全体孩子感谢快乐公益志愿者的大爱，并作出承诺。她说：“我们一定不辜负叔叔阿姨们的期望，努力学习，健康成长，长大后回报社会、建设祖国。”

激动人心的时刻到啦！深情拥抱、亲切交谈、美好祝愿……此时的他们，是朋友，更是亲人。孩子们手上捧着的，是校服和文体用品，更是志愿者叔叔阿姨们沉甸甸的关爱。

孩子们穿上校服，满满的幸福，满满的感动。他们牵着家长的手，共同走过“感恩成长门”，并与快乐公益的叔叔阿姨们合影。此刻，骄傲与自豪涌上心头。虽然有点小紧张，但显现在孩子们脸上的，是幸福，更是感动。

千言万语也道不尽孩子们内心的激动，孩子们齐诵“我幸福，我感恩，我成长”，他们的声音虽稚嫩，但情真意切，字字句句都是孩子们的心声。

叶儿在空中盘旋，谱写着一曲感恩的乐章，那是大树对滋养它的大地的感恩。白云在蔚蓝的天空中飘荡，描绘着那一幅幅感人的画面，那是白云对哺育它的蓝天的感恩。

而今天，孩子们说："我们一定努力学习，奋发图强，传递爱心，播种希望，当好社会主义的接班人。"这一定是孩子们对关心他们成长的长沙快乐公益叔叔阿姨们的感恩！

【敢想敢言】

我幸福，我感恩，我成长

我们出生在山沟沟里，没有城市里的灯红酒绿，没有电视上的高楼大厦。

但是，这里，有山，有水，有阳光。这里，还有深爱我的爸爸妈妈、爷爷奶奶。

我们生活在山沟沟里，没有高大上的校园，没有豪华气派的教学楼。

但是，这里，有精美的教室，漂亮的图书。这里，更有一群和蔼可亲的好老师。

虽然我们生活在山沟沟里，但是，我们沐浴着爱的阳光长大，我们浸润着人间的真情成长。

多少次，我们带着幸福的感觉进入梦乡；多少次，我们含着感动的泪花畅想未来。

老师说：常怀感恩之心的人是幸福的。

爸妈说：常怀感激之情的生活是甜美的。

我感恩，我们感恩——

感恩祖国，她给了我和谐健康的成长空间；感恩父母，他们给了我宝贵的生命；感恩老师，他们给了我无穷的知识；感恩朋友，他们给了我克服困难的力量。

今天，我们由衷感谢长沙阳光公益。因为这群可爱的精灵为我们送来了爱与祝愿……

一套校服，引领我们憧憬更美的未来；一只书包，带领我们走向更宽的殿堂。

今天，我们由衷感谢长沙阳光公益。你瞧！篮球，排球，乒乓球，羽毛球……哇！好多好多体育用品！

我们心生喜悦，我们无比激动……就仿佛奥运金牌挂在胸前。

今天起，我们一定——

努力学习，奋发图强，传递爱心，播种希望，当好社会主义的接班人。

【创意写绘】

【教育信条】

幸福，就在于创造新的生活，就在于为了改造和重新教育那个已经成了国家主人的、社会主义时代的伟大的智慧的人而奋斗。

07 成长 · 学习

【绘本名片】

	书　名：龙风 · 牛和鹅 作　者：任大霖（著） 出版社：春风文艺出版社

【故事导读】

《龙风 · 牛和鹅》主要讲述了主人公在回家的路上被鹅追赶，后来在金奎叔的帮助下赶走了鹅，再也不怕鹅的故事。通过描写主人公因相信“牛的眼睛看人，人比牛大，所以牛是怕人的；鹅的眼睛看人，人比鹅小，所以鹅不怕人”这句话，经常欺负牛，却对鹅感到畏惧的经历，揭示了一个简单的道理：看待事物应持有不同角度，否则会导致截然不同的后果。

【亲子阅读】

大家都说：牛的眼睛看人，觉得人比牛大，所以牛是怕人的；鹅的眼睛看人，觉得人比鹅小，所以鹅不怕人。

我们都很相信这句话。

所以我们看到牛，一点不害怕，敢用手拍它的背，摸它的肚子，甚至敢用树枝去触它的屁股，用破碗片去刮它的皮呢！可是牛像是无所谓似的，只是眨眨眼，把尾巴甩几甩。有的孩子还敢扳牛角，叫它跪下来，然后骑到牛背上去。

可是当我们看到鹅，那就完全两样了：总是远远地站在安全的地方才敢看它。要是在路上碰到鹅，就得绕个大圈子才敢走过去。

有一次，我们放学回家，走过池塘边，看见有四只大白鹅在靠近岸边的水里游。我们马上就不说话了，贴着墙壁悄悄地走过去，我的心里很害怕，怕它们看见了会追过来。这时，有一个顽皮的孩子故意要引它们来，就"吁哩哩哩"地叫了一声。鹅听见了，就竖起头来，侧着眼睛看了看，竟爬到岸上，一摇一摆、神气十足地走过来；还伸长脖子，"吭吭"地叫着，扑打着大翅膀，好像眼里根本没有我们似的。

孩子们大喊了一声，急急逃跑。这使鹅追得更快了。我吓得腿也软了，更跑不快。这时，带头的那只老雄鹅就"啪嗒啪嗒"地跑了过来，"吭吭"地赶上了我，"吭吭"地张开嘴，一口就咬住了我当胸的衣襟，拉住我不放。在忙乱中，我的书包掉了，鞋子也弄脱了。我想，它一定要把我咬死了，我就又哭又叫："鹅要吃我了！鹅要咬死我了！"

大概是我的哭叫更惹怒了这只老雄鹅，它用全身的力量来拖我，啄我，并且扇动翅膀来扑打我，我几乎被它拖倒了——因为当时我还很小，只不过和它一样高呢！况且还有别的几只鹅在后面"吭吭"大叫着助威。

就在这时候，池里划来了一只小船，捉鱼的金奎叔从船里跳上岸。金奎叔是个结实的汉子，他伸出胳膊来比我的腿还粗。他飞快地走了过来，一把握住了鹅的长脖子。鹅用脚爪划他，用嘴啄他，可是金奎叔的力气是那么大，他轻轻地把鹅提了起来。老雄鹅害怕了，好不容易挣脱束缚，张开翅膀，跳进池里，逃命了。

金奎叔给我穿上鞋，拾起书包，用大手摸摸我的头说："鹅有什么可怕的！会把你吓成这样。"

我说："因为鹅把我们看得比它小呀！"

金奎叔说："让它这样看好了！可是，它要是凭这来欺负人，那咱们可不答应，就得掐住它的脖子，把它扔到池里去。记着，下次可别再怕它们了。"

我记着金奎叔的话，以后一直不怕鹅了。有什么可怕的！它虽然把我们看得比它小，可我们实在比它强呀！怕它干吗？果然，我不怕它，它便不敢咬我，碰到了只是"吭吭"叫几声，扇几扇翅膀，就摇摇摆摆地走开了。看到牛，我也不再无缘无故欺负它了，尽管它把我们看得比它大。

直到现在，我还记着金奎叔的话。

【课例回放】

用文字拍摄心情

——《龙风·牛和鹅》随文仿写

一、导入

1. 创设情境

①出示"用文字拍摄心情"征文活动海报。

②师：学校正举办"用文字拍摄心情"的征文活动，五星级文字将被选入学校公众号。

2. 明确要求

师：什么样的文字才可评为五星级文字呢？

预设：评选要求：①语句通顺，写出了人物的心情。②运用了动作、神态、语言等描写方法。

3. 师：同学们，想不想试一试？沿着拍摄心情的旅途，我们出发吧。

二、授课

（一）心情我来猜

1. 出示图片

2.猜测心情

师：课前，老师拍摄到了这些表现人物心情的图片，你们能猜出这是什么心情吗？

预设：快乐、愤怒、难过。

师：你们是怎样猜出来的呢？

预设：通过观察人物的神情，就能猜出他们的心情。

师：你们的观察真细致。在《龙风·牛和鹅》中，作者用独特而有趣的文字拍摄人物心情，而且，这些精彩的文字已经被选入学校公众号。想不想一睹为快？

（二）心情我来品

1.回顾内容

师：回顾一下，《龙风·牛和鹅》主要写了哪几件事？

生：主要写了“我”欺负牛、“我”被鹅追赶、金奎叔赶走鹅这三件事。

师：是呀！现在，让我们猜一猜，这几个内容中，被选入学校公众号的会是哪个内容呢？

生：我猜，被选入学校公众号的应该是“我”被鹅追赶这个内容，也就是课文第5、6自然段。

师：你真有一双会发现的眼睛。那么，你是通过什么猜出来的？

生：“我”欺负牛、“我”被鹅追赶、金奎叔赶走鹅这三件事中，“我”被鹅追赶最能体现人物的心情。

2.品读文段

师：现在，让我们结合自读提示读一读“我”被鹅追赶文段。

出示自读提示：①读准字音，读通句子。读不通的地方多读几遍。②你读出了人物怎样的心情？试着用一个词来概括。

3.品悟心情

师：同学们，从文段中，我们读出了主人公怎样的心情？

预设：从文段中读出了主人公害怕的心情。

师：现在，让我们跳读或扫读文段，文段中有好几处描写我们害怕的句子，你能找出来吗？

预设：①“我们马上都不说话了，贴着墙壁，悄悄地走过去。”

②“孩子们惊呼起来，急急逃跑，鹅追得更快了。我吓得腿都软了，更跑不快。”

③“在忙乱中，我的书包掉了，鞋子也弄脱了。我想，它一定要把我咬死了。我就又哭又叫，可是叫些什么，当时自己也不知道，大概是这样叫吧：‘鹅要吃我了！鹅要咬死我了！’”

4.提炼方法

①品读语句

师：你们找得可真准确。同学们，结合上下文，仔细品读描写“我”和“我们”害怕的心情的句子，想象画面，并小组交流，体会其表达的妙处。

出示品读要求：不同的画面，读出不同的语气。

思考：作者笔下人物的心情仅仅是普通的害怕吗？作者用了哪些描写方法来突出人物的心情？

②小组交流

③小组汇报

预设：作者笔下人物害怕的心情有程度上的变化，起初，“我们马上都不说话了，贴着墙壁，悄悄地走过去”是普通的害怕，到“我吓得腿都软了，更跑不快”，害怕升级，“在忙乱中，我的书包掉了，鞋子也弄脱了”是极度害怕；“贴着墙壁，悄悄地走过去”“我吓得腿都软了，更跑不快”“我又哭又叫，‘鹅要吃我了！鹅要咬死我了！’”作者用细致的动作、生动的神态、夸张的语言，写出了我极度害怕的心情。

④提炼方法

预设：动作细致点儿、神态生动点儿、语言夸张点儿

（三）心情我来说

1.说心情

师：还记得老师课前拍摄的体现人物心情的图片吗？回忆一下，在我们的学习和生活中，是否也经常有快乐、愤怒、难过这些心情呢？试着说说看。

预设：①爸爸出差回来，帮我带回了我喜爱已久的玩具，我快乐得一蹦三尺高。

②小明把我最喜欢的魔方摔坏了，我愤怒得好像脑子里有团火在烧一般。

③终于等到中秋节，爸爸妈妈本说好回来看我的，可是，公司临时加班回不了，我很难过，嘴边的月饼顿时也不香了。

2.师点拨

师：快乐得一蹦三尺高，快乐加倍；脑子里有团火在烧，愤怒加倍；原本香甜可口的月饼都不香了，难过加倍。看来，在我们的学习和生活中，能体现人物心情的画面实在太多了。

除了快乐、愤怒、难过，生活中，我们还能拍摄到许多其他体现人物心情的图片。

（四）心情我来写

1.出示要求：联系生活，练写一个150字左右表现人物心情的小片段。

2.出示多元评价表。

3.学生练写，教师行间巡视。

4.学生习作展示，结合多元评价表进行评价。

三、小结

1.学以致用，去生活中拍摄更多的画面，用文字书写更多的心情。

2.参加学校举办的“用文字拍摄心情”征文活动。

【乡村手记】

世界那么大，让学习先行

多年前，一封史上最具情怀的辞职信莫名戳中多人痛点，辞职的理由仅有10个字：世界那么大，我想去看看。

也许，每天“两点一线”的生活磨灭了太多老师本该五彩的生活，无形的压力让太多老师疲乏而无奈。当这样一封简短的辞职信出现在眼前时，引起了太多太多共鸣。

的确，我也被她的勇气与洒脱深深折服！但也仅仅是折服而已！

无论何人，无论何职，我们的生活都应是五彩斑斓的。有人乐意用手去创造未来，有人乐意用脚去丈量地球，有人乐意费尽心机争名夺利……而我，作为一名乡村教师，则觉得，在一个阳光的午后，拉开窗帘，斜卧沙发，享一缕阳光，品一杯茗茶，赏一篇美文，乃人生乐事！

多彩的生命，源于学习。打开电脑，翻开网页，一堂堂精彩的讲座、一个个生动的案例，让我瞬间觉得，教育本不孤独。当我们用我们的真心，用无限的耐心，倾注足够的爱心，对待我们的每一个孩子的时候，孩子们的世界是绚丽多姿的，而我们的世界又何尝不是？

网络的另一端，名师们的课堂正精彩上映。就如——

薛法根老师执教的《纪昌学射》，文章故事简短易明，但寓意深刻。薛老师首先出示训练单让孩子们通过自由默读和独立思考，完成训练单上的学习任务。课堂上，老师一边巡视学生完成任务的情况，一边提示学生应用恰当的学习方法。提醒孩子们不要用“教得很好、学得很好”这类很笼统的形容词，要具体写清楚。这一环节，能有效养成学生独立思考和读写结合的好习惯。在第二环节的教学中，薛老师主要引导孩子们围绕“神箭手‘神’在何处”这一个问题进行讨论。大家在老师的提示下从不同的角度进行思考，为了让孩子们对“要想学好本领就要有扎实的基本功”这一道理有更深刻理解，老师还准备了许多有关的成语、谚语和著名诗句，让他们在积累中对文章哲理有了更深层的感悟。薛老师的课总是那样轻松、潇洒，举重若轻，尽显大师风范。讲故事、悟道理、知因果，层层深入，步步提高，循序渐进，润物无声，学生在轻松愉悦中自主领悟了故事里蕴藏的深刻哲理，同时，说话、写话、朗读、识字写字、讲故事的能力得到了全面的训练。平实的语言与巧妙的点拨催生灵动而充满生长力的课堂。薛老师真正站在学生学习的立场教语文，教语言，看似简单的教学设计和最朴实的教学课件，却牢牢抓住了学生的心，简约的背后蕴藏着大智慧，所以课堂上欢声笑语不断，良言妙语连珠。的确，删繁就简才是真，朴朴实实教语文，轻轻松松学语文，也许这样学生才能有更多生长的空间。

史春研老师执教的识字课《中国美食》，构思很巧妙，设计“买菜”—“做菜”—准备“主食”—“上菜”。史老师准备很充分，大量的图片和视频让课堂变得直观有趣。汉字的学习结合了中国人的勤劳和智慧，将思政教育贯穿学习过程，这让学生学习有味道。同时，学生上台板书、学生说汉字的书写要点等充分调动了学生的学习主动性。

王菘舟老师执教的《普罗米修斯》，着实令我感动。首先，以问导思，“普罗米修斯盗火前过着怎样的生活”“现在的他是过着怎样的日子”“如果宙斯在你跟前，你会和他说些什么”……一个接一个的问题串联着整个课堂，在老师与学生的一问一答中，学生的思考不断加深，领悟也不断增强。然后，以读悟情，王老师深厚的文化底蕴，一层一层解读文本，让同学们一遍一遍加深体会，一次一次领悟朗读，学生都深深地感受到了普罗米修斯对人类的伟大的爱！感动于王老师的课堂，着迷于王老师的人格魅力。

记得刚刚参加工作时，我想学习，但限于条件，仍然多次自费去外地听课，自觉收获良多。而今，丰富的网络资源，让我们乡村的教师和学生都受益匪浅，特别喜欢这种能随时学习的感觉。

每个午后，静下心来，点击鼠标，认真聆听每位专家的精彩分享，用心感悟人生、走向世界……

世界那么大，让学习先行吧！

【敢想敢言】

重拾阅读，温暖我们的内心

如果明天你将流浪孤岛，只能带一样东西，你会带什么？

——题记

“书中自有千钟粟，书中自有黄金屋，书中自有颜如玉。”这句话是我在读四年级学习关于阅读的单元时，语文老师讲述给我们听的，农村的我们课余基本不会去阅读书籍，是老师给我们语重心长的教导。我的心为之一振，从此对阅读有了更深的投入。

这个寒假，我向老师借来《远方的渡桥》一书，爱不释手，很认真地看了三遍，尤其喜爱其中的《拐角书店》，它带给我一股温暖的力量。

《拐角书店》讲述的是师范大学的阶梯教室来了一只特别的猫，它淡定从容，和同学们一起听课、自习，被大家称为“学生猫”，在城市里都小有名气。可是有一天，这只猫不见了，大家很担心，还有一名叫楚天然的男生带头成立了寻猫委员会。网上发布的寻猫启事得到了广泛关注，有消息反馈，有人在拐角书店里看到过这只猫。楚天然同学迅速行动，来到拐角书店，了解到猫原来是两个月前从书店离家出走，一个星期前又回来的。经书店主人老奶奶的同意，楚天然同学买了一本书，猫儿才跟他走。可是回到学校的当天下午，猫又不见了，第二天去书店，三位接猫的同学都买了书，猫才跟他们走。第三天，他们又去找猫，当来到书店时，小小的书店挤满了上百只名猫，猫的主人们纷纷来到拐角书店，可是没人能带回他们的宠物猫——猫儿尖叫，不肯走出书店。这时，一名手拿新书的中年男子闯进了书店，讲述了自己和拐角书店的温暖故事，他今天是来还愿的，用自己写的书还上当年所借之书。这个温暖的回忆让大家奇迹般想起了各自曾经与拐角书店的美好时光，纷纷讲述他们和书店的故事，那一本本读过的书在脑海里变得清晰起来……

“傍晚的时候，拐角书店的灯亮了。不是很亮，但很柔和，很远的地方就能感到它的温暖。人们陆陆续续地从拐角书店里走出来，怀里抱着他们的猫。”

在拐角书店，同学们是有爱的，他们想要找回陪他们读书的学生猫，带猫回校时极尽对老奶奶和猫儿的理解与尊重；猫儿是忠诚的，主人的十年收留和养育之恩，让它想用自己的方法来唤醒人们忘却的美好阅读时光，拯救被遗忘，甚至将被拆除的书店；店主人老奶奶是坚持的，她是一位已退休多年的小学教师，这个拐角书店在她是小学生的时候爷爷就开始经营，虽然现在越来越没有人进店看书买书，书店周围已被高楼包围，这几年一直有人要她搬走，但她一直坚持想要为年轻人留一个读书的地方。是啊，拐角书店那么矮小、老旧，可是在那群猫主人的心里、在我的眼里，拐角书店是高大的、明亮的。里面的书安静地排列着，等待着城市中的人们去翻阅，开启一段美丽的邂逅。这些书光芒四射，充满能量，温暖着靠近它们的每一颗心。这种能量，这种温暖，无法名状，可却刻骨铭心。

突然之间，我好像明白了张之路爷爷的良苦用心，他是在用拐角书店和温柔的猫儿唤醒城市、唤醒人们已然忘却的美好阅读时光，想要我们重拾阅读，捧一本书，温暖我们的内心，温暖冰凉的城市。

现在这个信息技术时代，信息丰富，人心浮躁，连小孩子都更喜欢拿着手机，我们仿佛置身于情感的孤岛。我想，没有什么时候比现在更需要我们翻开一本书，重拾阅读，去感悟文字的力量，去温暖我们的内心。

【创意写绘】

【教育信条】

教育的最终目的不是传授已有的东西，而是要把人的创造力量诱导出来，将生命感和价值感唤醒。

08 成长·改变

【绘本名片】

书　名：中国古代寓言故事
作　者：梁迎春（编著）
出版社：南方出版社

【故事导读】

厚厚的《中国古代寓言故事》，有耳熟能详的《守株待兔》《揠苗助长》，也有许多未曾听过读过的故事。书中一则则小故事，蕴含着一个个大道理，且这些道理仍为今所用，彰显着中国智慧，也是中国传统文化的一种传承。

【亲子阅读】

蚕和蜘蛛都是吐丝的动物，它们生活习性不同，对自己的人生也有不同的看法。

这天，蚕和蜘蛛在桑树上遇见了，说起它们的共同点，蜘蛛批评蚕说：“你看你每天都把自己吃得很饱，让自己尽快长大到老，到头来口中吐出纵横的蚕丝，牢牢地把自己裹起来。等到人们把你放入开水中，再抽成长丝，于是你便丧失了性命。这么说来你那精巧的技艺，正好把你送上了自杀的道路。这不是很愚蠢吗？”

蚕听了，微微笑着说：“我固然是自杀，但我所吐的丝，可以织成有华美花纹的绸缎。上至皇帝穿的龙袍，以及百官穿的礼服，下至老百姓珍惜的绫罗绸缎，哪样不是我的丝做的呢？我的一生虽然短暂，但我却死得有价值、有意义啊！”

蜘蛛听了撇撇嘴、摇摇头，仿佛不以为然。蚕接着说：“而你又怎么样呢？你空着肚子到处去寻找食物，吐出纵横的丝织成天罗地网，坐在网里窥视着，蚊、虻、蜂、蝶等触过网的没有不被杀死的，然后你用它们来填饱自己的肚子。你的技艺高是高，可是多么残忍呀！”

听蚕这么说，蜘蛛更是不以为然了，它哈哈大笑着说：“看来我们两个还真是很不相同啊！为自己打算和为别人打算相比，我还是宁可为我自己！”

唉，是啊，自古以来都是这样，像蚕一样为别人打算的人是很少的！

【课例回放】

《中国古代寓言故事》导读

一、导入

1.课件出示“魔袋”，师生谈话：

师：今天，老师给你们带来了好多新玩意儿，它们都被装在一个个魔袋里。想不想知道魔袋里都有啥？猜一猜。

（生交流）

师：你猜对了吗？

2.学生代表从“魔袋”里掏出《中国古代寓言故事》来。（齐读书名，板书）

3.著名儿童文学家严文井说：“寓言是一个魔袋，袋子很小，却能从里面取出许多东西来……”这到底是一个什么样的“魔袋”呢？想不想去“魔袋”里瞧瞧？

二、授课

（一）寓言我来猜

1.细读目录

师：翻开一本新书，我们可以先读一读目录。浏览目录，有没有你熟悉的故事？你熟悉的故事中，哪个最有趣？

（生交流）

师：看来，这些寓言故事，你们很喜欢咯！是吗？那你们为什么喜欢这些故事呀？

预设①：故事短小，读起来轻松有趣。

预设②：从这些故事中能悟出道理来。

…………

师：是啊！从这些小小的故事中，我们能悟出大大的道理。（板书：小故事 大道理）

师：你们可真会读寓言。不过，要读懂寓言，可不是那么简单的哦！现在，老师可要考考大家咯！

2.闯关活动

第一关：看图片猜故事

预设：亡羊补牢、揠苗助长、南辕北辙

第二关：看道理猜寓言

①生活中有很多事情都是偶然发生的，去期待偶然事件的再次发生，是不会有结果的，只有通过自己的劳动，才能有所收获。（守株待兔）

②没有看见真龙的时候特别喜欢龙，一看到真正的龙却吓得魂飞魄散，这是不行的。我们要做表里如一的人，不要盲目地去追捧、崇拜一些事物。（叶公好龙）

师：寓言故事不只我们中国人喜欢，外国人也很喜欢哦！如果把中国古代寓言和外国的放到一起，你能准确地找出中国古代寓言故事吗？试试看。

第三关：EN5（互动课件工具）课堂活动

出示EN5课堂小游戏：找中国古代寓言故事

（学生上台挑战）

师：你是如何这样准确地找到中国古代寓言故事的？

预设：标题简短精练，大多为四字词语，其中很多为成语，这些成语现在仍被广泛地运用于我们的学习与生活中，这是《中国古代寓言故事》的特点，是中国的一种文化特色。

（二）寓言我来读

1.交流：

师：没读过的这些故事中，你最想读哪个？

生：……

师：这么多想读的故事，我们先读哪个呢？这样，咱们来问问“魔袋”。“魔袋”三里可有好多有趣的故事哦，咱们抽到哪个就读哪个，好不好？

生：……

2.请一位学生代表从“魔袋”中选择一个寓言故事。

3.师生共读故事（预设：《蚕与蜘蛛》）

①看到这个标题，有没有好奇的地方？

预设：蚕吃桑叶，而蜘蛛吃蚊子，它们在一起会发生什么故事？它们之间有什么相同点吗？除了生活习性不同，它们还有什么不同点吗？

②听读故事，边听边读边思考：蚕和蜘蛛有什么相同点和不同点？

③全班交流汇报

	蚕	蜘蛛
相同点	吐丝	
不同点	为人	为己

④你更喜欢哪个角色？为什么？生活中有这样的人吗？说一说。

预设：喜欢蚕……

师：是啊！生活中有许多像蚕一样默默奉献的伟大的人，比如他们——（播放微视频）

⑤师：哇！原来我们的生活中有着这么多像蚕一样无私奉献的人啊！他们真了不起！孩子们，从这个故事中，你明白了什么道理？

预设：我们应该做像蚕一样无私奉献、不求回报的人。

⑥小结读寓言的方法：找特点、联生活、明道理。

⑦自读故事

师：在这本书中，还有许许多多像《蚕与蜘蛛》一样有趣且彰显中国智慧的寓言故事哦！你们想不想读？老师也好想读一读这些故事，可是我不知道哪些故事更有趣，这样，你们每人推荐一个你认为有趣的寓言故事给我，好不好？来！再看看目录，你想推荐哪个故事呢？

（生交流）

师：好的，用你喜欢的方式读一读这个故事吧，待会儿把有趣的地方告诉我们，好不好？上台推荐故事的孩子有机会获得“魔袋”一个哦！

⑧成果展示

学生上台交流，教师点拨并奖励“魔袋”。

（三）计划我来做

1.过渡

师：哇！这么多小故事，蕴含着这么多大道理，这本书呀，的确是一个神奇的“魔袋”，想不想好好读读整本书呢？

生：……

师：你们平常读书都是怎样读的呀？

生：……

师：我们来看看琦琦小朋友和她的妈妈是如何说的。

2.播放微视频

3.制订读书计划

三、小结

课后，希望同学们能严格按照自己所制订的阅读计划，好好读一读这本书，用自己的方式去开启这一个个“魔袋”，从神奇的“魔袋”中去感受中国文化的魅力。

【乡村手记】

依托EN5，做农村教育的“种福人”

《义务教育语文课程标准（2022年版）》对阅读教学提出明确的要求，即“重视培养学生广泛阅读的兴趣，扩大阅读面，增加阅读量，提高阅读品位，提倡少做题，多读书，好读书，读好书，读整本的书。”“整本书阅读是学生在语文课程的学习中，运用个性化的阅读方法，围绕整本经典作品展开的，与作者、文本、教师、同伴对话的过程。”基于此，我选择三年级下册，实施整本书阅读，依托“快乐读书吧”，并参考《小学整本书阅读教学指导》，选择《中国古代寓言故事》。结合第二单元导读要求“读寓言故事，明白其中的道理”，并尊重学生的自我阅读体验，以一篇带多篇的方式，激发学生的阅读兴趣，提高学生的阅读能力、创新能力和表达能力。如何让咱们农村偏远小学的孩子爱上《中国古代寓言故事》，爱上整本书阅读？近两个月的时间，我不断摸索，多番探讨，依托EN5，巧融信息技术，遇见繁花，终成硕果。

回顾两个月以来的摸索与探讨，现总结如下：

（一）设计思路“新”

1.巧设“魔袋”，激发兴趣

著名儿童文学家严文井说：“寓言是一个魔袋，袋子很小，却能从里面取出许多东西来。”

三年级的孩子，面对《中国古代寓言故事》这本厚厚的书，如何去激发孩子们的阅读兴趣？我曾迷茫，而这句话恰好激发了我的灵感。在第二案中，我将“魔袋”巧妙地运用于整堂课，孩子们兴趣剧增，收到了不一样的效果。

2.板块教学，循序渐进

我在本堂导读课中设置了三个板块，借“魔袋”的创意，以“魔袋一”“魔袋二”“魔袋三”的形式出现。这三个板块分别为：“寓言我来猜”“寓言我来读”“计划我来做”。板块教学，使得课堂思路更为清晰，学习任务更为集中，顺应语文新课程标准要求，符合三年级孩子的心理认知。

（二）活动实施“巧”

1.小组合作，共同提高

在共读《蚕与蜘蛛》时，引导孩子们小组合作探究：“蚕与蜘蛛有什么相同点和不同点？”孩子们在讨论与交流中，思维的火花得到碰撞，成功地解决了此环节的疑问。同时，这种参与式学习，使得孩子们有满满的成就感。

2.方法引领，巧搭支架

在共读《蚕与蜘蛛》这个故事时，我引导孩子们归纳了学习寓言的三种方法：找特点、联生活、明道理。有了方法的引领，孩子们能更好地阅读其他的寓言故事。同时，为孩子们阅读其他更多的书或者学习其他的课文指明方向，真正收到“以一带多”的效果。

（三）信息技术融合“妙”

1.巧用“问卷星”，了解学情

为了掌握孩子们对寓言的了解情况，我通过“问卷星”开展了课前小调查。“问卷星”的使用极为便捷，孩子们根据自己的实际情况答题后，“问卷星”小程序后台自动生成统计图，方便我们收集数据。而且，多种形式的统计图，不仅美观，还很实用。我结合学情进行了方案的调整，发现，方案更符合我们农村偏远小学的孩子们了。真好！

2.巧用EN5课件，画龙点睛

①充分利用EN5的课堂活动，为课堂添彩。课堂上，设置了两个课堂活动。第一个是“判断对错”闯关游戏，让学生从众多的寓言故事中找中国古代寓言故事，增加师生互动与生生互动，使得课堂更生动有趣，学生学习积极性越来越高。第二个是“知识配对”，检验孩子们对寓言故事的了解程度，上台展示的孩子边思考边作答，巩固了知识，活跃了思维，一举多得。

②音频与视频（均为原创）的运用，使得课堂更直观、更立体、更生动。特别是利用微课视频进行教学，起到了非同一般的效果。

第一个是师生共读《蚕与蜘蛛》后，我引导孩子们说“生活中有像蚕一样舍己为人的人吗”，孩子们说了许多，此时，我播放了课前录制好的微课视频，当《向英雄敬礼》的音乐响起，当英雄们的图片一张张呈现，孩子们的心灵得到洗礼，情感得到升华。这个视频的呈现，胜过无数言语上的说教，无形中，帮助孩子们树立起正确的世界观、人生观、价值观。同时，此微课视频的播放，很好地帮助孩子们突破了本堂课的重点。

第二个是琦琦和妈妈关于制订阅读计划的微课视频，符合学情，贴合课堂。当孩子们看到自己的小伙伴和小伙伴的妈妈录制的小视频时，格外惊喜。孩子们不仅从这个视频中明白了阅读时要做读书笔记，还明白了读书之前要制订阅读计划，更好地规划自己的阅读。这种直观的呈现，为课堂增色不少的同时，真正让孩子们学到了阅读方法，能帮助孩子们养成良好的阅读习惯。

③在EN5课件中，设置了蒙层、遮罩、超链接等功能，使得课堂更灵动、更有趣。蒙层的设置有好几处。最惊奇的是“共读故事”环节，一个孩子上台选故事，当橡皮擦一擦，我们共读的故事《蚕与蜘蛛》的名字出现时，孩子的脸上露出骄傲的神情，仿佛在说：“瞧！这个故事是我选出来的。”多自豪的一件事啊！最有意思的是“开魔袋得奖品”的环节，孩子们在推荐寓言故事后，开“魔袋”，当书签、笔、摘抄本、乒乓球等奖品呈现的时候，孩子们的内心是激动的，授课时，我都仿佛能感受他们内心的欢愉与喜悦。

④利用EN5中的“思维导图”进行小结，回顾教学过程（猜寓言—读寓

言—做计划），并归纳学习方法（找特点、联生活、明道理），既概括了学习内容与方法，又帮助孩子理清了思路，灵动、有趣而有效。

⑤班级优化大师中的随机点名，为课堂增添了不少神秘的气息。

⑥小组合作交流和自读故事时，启用了EN5中的“计时”功能，限时任务使得课堂更有仪式感，并提高了学习效率。

⑦课堂上，拖拽、随堂标记等的使用，都使得课堂更灵动有趣。

（四）课程价值“高”

1.从选题到构思，再到设计与实施，费了不少心思。如何让孩子们爱上阅读？如何更好地提升孩子们的核心素养？如何帮助孩子们树立正确的世界观、人生观和价值观？这是我一直在思考的问题。前前后后近两个月的时间，我力求让方案更适合我们农村偏远小学的孩子，更能激发孩子们的阅读兴趣并坚持阅读，我从“问卷星”入手，从了解学情开始，一个又一个方案，不断调整，不断更新，从一案到七案，见证了我不断思考的印记，也见证了孩子们阅读能力和核心素养不断提升的足迹。

2.《中国古代寓言故事》的篇幅一般比较短小，语言精辟简练，当中的许多故事和故事所蕴含的道理至今仍指导着我们的学习与生活。那么，如何引导孩子们去进行文化的传承？如何树立文化自信？也是我思考的问题。思索再三，我利用EN5中的“判断对错”课堂活动巧妙地引出中国古代寓言故事的特点，引导孩子们了解中国古代寓言故事的文化特色，树立文化自信。同时，在共读《蚕与蜘蛛》时引导孩子们说生活中的人和事，利用微课视频《向英雄敬礼》进行教学，引发孩子们的情感共鸣，就在这巧妙的设计中，孩子们的情感得到升华，文化自信悄然树立，之后的文化传承自然也不在话下了。

作为农村偏远小学的教师，我深感农村资源的匮乏，深感农村教育的困惑。幸好，遇见了EN5，遇见了宋见林老师和他的信息化团队。感谢一路上指引我前行的各位专家和领导！感谢一直努力前行的我和我的孩子们！相信，有EN5和人工智能的加持，农村教育资源将逐渐与城市比肩，农村教育定会呈现出一派欣欣向荣的景象。很高兴能和宋老师团队一起成为“种福人”！感恩所有的“种福人”！

【敢想敢言】

数学女王养成记

“娜娜！快来！帮妈妈算算！这个价格，好像不对啊！”

正当我乐滋滋地捧着我新买的裙子，准备换上时，妈妈的叫喊声震耳欲聋。

我连忙放下心爱的裙子，离开穿衣镜，飞奔过去。

“怎么啦？老妈！哪里不对吗？”

“快来看看。咋要这么多钱呢？我得找他们理论去！”

“别急！别急！待本数学女王来算算！”

我抢过结账单，仔细地看着，生怕漏过一个数字……

“公主裙89，女式上衣108，牙膏9块5，毛巾18，一共159块9。没错啊！老妈！您看！服装类打七折，裙子和上衣原价197，打折后137块9。生活用品类打八折，原价27块5，折后22块。总共不是159块9毛吗？”

妈妈拿过单子，睁大眼睛，嘴里支吾着：“嗯。是没错。没错就好，没错就好……”

说着，妈妈轻轻地拍拍我的小脑瓜，称赞道：“到底是我们家娜娜，真聪明！”

“谁叫我是数学女王呢？”我眨着眼睛，得意地说道。

“数学女王……哈哈……来，本女王来考考你！鸡兔同笼不知数，三十六头笼中露。数清脚共五十双，各有多少鸡和兔？”

啊？又是鸡兔同笼问题，老姐，难道你不知道我最讨厌这个的吗？

我绞尽脑汁，冥思苦想，也没能得出个答案，老姐终于发话了：“怎么样？蒙了吧？让本女王揭晓答案吧！鸡22只，兔14只。”

看着老姐神采奕奕的样子，我暗下决心：我一定要刻苦学习，懂得更多的数学知识，成为真正的数学女王！

【创意写绘】

【教育信条】

播种行为，可以收获习惯；播种习惯，可以收获性格；播种性格，可以收获命运。

09

成长·神奇

【绘本名片】

	书　名：女娲造人 作　者：哈皮童年（著绘） 出版社：福建科学技术出版社

【故事导读】

女娲造人是中国古代神话中的一个重要情节。据传，女娲以泥土模仿自己的形象制造了人类，这是人类社会的最初形态。此外，她还设立了婚姻制度，使得男性和女性能够互相婚配，从而繁衍生息。女娲不仅被誉为中华民族的母亲，还被尊为创世神和始母神。

【亲子阅读】

盘古开天辟地以后，天上有了太阳、月亮和星星，地上有了山川草木，甚至有了鸟兽虫鱼，却单单没有人类。

不知道在什么时候，出现了一个神通广大的女神，叫作“女娲”。有一天，女娲走在这片苍茫的原野上，看看周围的景象，感到非常孤独。她觉得在这天地之间，应该添一点什么东西进去，让它变得富有生机。她一直走呀走呀，走得有些疲倦了，于是在一个池子旁边蹲下来。

澄澈的池水照见了她的面容和身影：她笑，池水里的影子也向着她笑；她皱皱眉头，池水里的影子也向着她皱眉头。她猛然醒悟了，这天地之间不就是少了像自己一样的生物吗？那为什么不创造一种像自己的生物来加入这个世界呢？这样想着，她顺手从池边抓起一团黄泥，掺和了水，在手里揉捏着，揉捏成了一个娃娃样的小东西。她把这个小东西放到地面上。

奇迹出现了，这个泥捏的小家伙，刚一接触到地面，马上就拥有了生命，并且一开口就喊："妈妈！"接着就是一阵兴高采烈的跳跃和欢呼。女娲看着她亲手创造的这个聪明美丽的生物，就给他取了一个名字，叫作人。

于是，她又继续用黄泥做了许多能说会走的可爱的小人儿。并且女娲还想出了一个高效率的造人方法，她从崖壁上拉下一根枯藤，伸入泥潭里，将水搅浑成浑黄的泥浆，向地面上这么一挥洒，泥点溅落的地方，就出现了许多小小的叫着跳着的小人儿，和先前用黄泥捏成的小人儿一模一样。用这种方法来进行工作，大地上不久就布满了人。这时，女娲又在思考一个问题，人类终究是要死亡的，怎样才能让人类长久地生活在大地上呢？后来她终于想出了一个办法，就是把那些小人儿分为男女，让男人和女人结合起来，叫他们自己去创造后代。这样，人类的种子就世世代代绵延下来，并且一天比一天在增多。

【课例回放】

《女娲造人》导读

一、导入

1. 出示图片：盘古、普罗米修斯、女娲。

2. 引导学生说说这些人物的特点。

3.引出《女娲造人》。

二、授课

（一）形象我来说

师：结合自读提示，读一读《女娲造人》这个故事吧。

1.出示要求：读准字音，读通句子，读不通的地方多读几遍。说说你读出了一个怎样的女娲？

2.学生自读，教师行间巡视。

3.检查朗读成果：我读出了一个_______________的女娲。

预设：坚持不懈、为人类造福……

（二）人物我来品

1.小组合作探究

①出示要求：用喜欢的方式读故事，理清故事的起因、经过、结果，并且说说从哪些句子可以读出女娲是一个坚持不懈、为人类造福的人呢？

②小组交流，教师行间巡视。

2.小组成果汇报

①理清故事的起因、经过、结果

预设：

起因：天地开辟以后，世间没有人类，有些荒凉寂寞。

经过：女娲用黄泥捏人。

结果：人类世世代代绵延下来。

②从哪些句子可以读出女娲是一个坚持不懈、为人类造福的人？

预设：

a.她顺手从池边拣起一团黄泥，掺和了水，在手里揉团着，揉团着，揉团成了第一个娃娃样的小东西。

b.她又继续动手做她的工作，她用黄泥做了许多能说会走的可爱的小人儿。

c.大地毕竟太大了，她工作了许久，还没有达到她的意愿，而她本人已经疲倦不堪了。最后，她想出了一个绝妙的创造人类的方法。她从悬崖上拉下一条枯藤，伸入一个泥潭里，搅浑了浑黄的泥浆，向地面上这么一挥洒，泥点儿溅落的地方，就出现了许多小小的叫着跳着的小人儿。

d.……

3.师生交流

①交流神话大胆而神奇的想象。

②感受古代劳动人民探索、征服大自然的意志与愿望。

（三）故事我来读

师：瞧！我们通过精读故事，很快就理清了故事的起因、经过、结果，而且读出了女娲坚持不懈、为人类造福的精神。相信同学们用同样的方法，一定能读懂更多的神话故事。

1.以小组为单位，根据目录，划分阅读篇目。（出示小组阅读篇目单，每人一篇，具体以小组人数来定）

2.小组引读故事

①用简单的语言说说故事的起因、经过、结果。

②这个故事的主人公是谁？他是一个怎样的人？

3.小组汇报学习成果

成果形式预设：思维导图或阅读记录卡

三、小结

1.用所学方法继续阅读其他神话故事。

2.推荐袁珂《中国神话故事集》整本书阅读。

【乡村手记】

和乡村孩子读《女娲造人》

在小学语文部编版四年级上册中，第四单元为神话故事，其“快乐读书吧”内容为“很久很久以前”，结合学情和本单元的内容，我们将阅读内容定为袁珂的《中国神话故事集》。

面对这本厚厚的、403页、67个故事的《中国神话故事集》，我一直在思索，我该怎样来引导孩子们阅读呢？一个接一个的故事，如果漫无目的地阅读，这么多故事，孩子们会不会有兴趣将它们读完？带着这样的疑惑，我想，该怎样引导孩子们把这本厚厚的书读薄，读出四年级该有的味道呢？于是，我结合第四单元的单元导读提示与课内的神话故事，选取《女娲造人》，以一带多，开展导读。

单元导读要求是了解故事的起因、经过、结果，学习把握文章的主要内容；感受神话中神奇的想象和鲜明的人物形象；展开想象，写一个故事。其中，“了解故事的起因、经过、结果，学习把握文章的主要内容”“感受神话中神奇的想象和鲜明的人物形象”是学习课文的要求，“展开想象，写一个故事”为习作要求。

我首先出示盘古、普罗米修斯、女娲的图片，引导孩子们说说这些人物的特点，并引出精读内容《女娲造人》。之后，读故事、品人物、悟写法，引导孩子们理清故事的起因、经过和结果，明确女娲的人物形象，感受神话中大胆神奇的想象以及古代劳动人民探索、征服大自然的意志与愿望。

在精读《女娲造人》的基础上，我引导孩子们品读其他的神话故事，一节课的时间，为了让孩子们有更大的阅读面，我采取“小组合作+个人阅读”的方式，即小组根据老师出示的阅读篇目单，自主分配阅读内容进行阅读，再以小组为单位，根据小组阅读内容进行成果展示，成果展示的方式可以是思维导图，可以是阅读记录卡，也可以是其他方式，目的是让孩子们在规定时间内根据既定要求完成阅读任务。

在以一带多的基础上，再布置孩子们课后自主进行《中国神话故事集》整本书阅读，因为有方法可依，阅读难度系数明显降低，目标很快即可达成。

之所以如此设计这堂导读课，是因为乡村孩子阅读面相对较窄，虽然进行了阅读方面的指导，但部分孩子往往拿着一本书，今天第一页，明天还是第一页，对于整本书的阅读，缺乏规划性，因为不懂该从哪些方面来阅读，对于阅读方法更是无迹可寻。

这堂课，我从图片入手，激发孩子们的阅读兴趣，进而从字音、句子、故事等方面，由浅入深，从整体到细节，从故事再到人物，引导孩子们读懂故事和人物，重要的是，让孩子们明白，可以从理清故事的起因、经过、结果并读懂人物等方面来读更多的神话故事。这样，对于乡村孩子来说，难度系数从10瞬间降为0，让他们看到快速阅读这403页、67个故事的曙光。

纵观整堂导读课，没有太多的亮点可言，最多称得上“实在”，但的确也适合我们的乡村孩子，聊以自慰！我想，还是应该对这堂课加以打磨，打磨的过程是痛苦的，但打磨之后的收获一定是甜蜜的。

【敢想敢言】

爱偷吃的小熊

“你这熊孩子，又偷吃了？”森林超市里，传来了熊妈妈的叫声。

“没……没……我没偷吃哦……”小熊舔舔嘴唇，搓搓手，用怯怯的眼神看着熊妈妈。

“哐当……”

“什么声音？”

熊妈妈循着声音望去，好家伙，满地的坚果，撒得到处都是。

原来，小熊正在偷吃坚果，见熊妈妈回来了，急匆匆地跑出来，忘拧盖子了。小猫正好来森林超市买东西，把坚果撞翻在地。

“是你偷吃坚果了吗？”

“不是我，妈妈。”小熊说。

熊妈妈摸摸小熊的头，轻声地说：“小熊，这些坚果是松鼠阿姨寄存在森林超市里的，偷吃可是要受到惩罚的哦。”

“会受到什么惩罚呢？”

“偷吃进肚子里的果子会长出来的。”

“从哪里长出来呀？”

“从尾巴上、鼻子里、耳朵里长出来呀！”熊妈妈说着，用手指捏了捏小熊的鼻子，揪了揪小熊的耳朵。

“啊？怎么办呢？”小熊害怕极了，用手使劲地抠喉咙，可是，坚果早就吞进了肚子里。

“咦！有办法了！”

小熊一路小跑，来到森林旁的小溪边，大口大口地喝溪水。

“嘿嘿！多喝点，把果子冲走，就不会长出来了。”小熊心想。

可是，无论小熊喝多少水，果子都没有被冲出来。

“怎么办呢？”小熊担心极了。

小熊回到家，躲进屋子，不敢出门。

突然，小熊的尾巴上、耳朵里长了两棵大大的树，连身上都长了好几棵小树苗，小伙伴们都用诧异的眼睛看着小熊。

“小熊羞羞羞……偷吃坚果羞羞羞……长出树苗羞羞羞……”不一会儿，森林里传开了，小熊伤心地哭了。

“我错了，我再也不偷吃了，呜呜呜……呜呜呜……”

“小熊，你怎么了？”熊妈妈摸了摸小熊的额头。

“你做梦了吗？小熊。”

“我梦见我的身上长了好多树苗，小伙伴们都不和我玩了。呜呜呜……

妈妈，我再也不偷吃了。呜呜呜……”

“我的傻孩子！”熊妈妈笑了。

【创意写绘】

【教育信条】

创造人的是自然界，启迪和教育人的却是社会。

10
成长·传承

【绘本名片】

	书　名：重阳节 作　者：郑　毅 出版社：海豚出版社

【故事导读】

重阳节，又叫登高节，是中国的传统节日。每个节日，都会有一个或美丽或惊心动魄的传说。让我们带着孩子，一起从绘本中感受中国传统文化的魅力吧！

【亲子阅读】

早上，天气晴朗，爷爷在院子里面摆弄着他的菊花，奶奶在地板上晒着辣椒、茄子，妈妈在厨房里面准备一家人的早餐，小明也早早地起床了，趴在窗边看着爷爷奶奶，等着妈妈把早餐做好。

吃完早餐后，爸爸说："今天是重阳节，我们要去登高。"

小明不解地问："爸爸，为什么要去登高呢？"

于是，爸爸给小明讲了关于重阳节登高的故事。

很久很久以前，汝河里住着一个瘟魔，他总是在每年的九月初九出现，并带来瘟疫，破坏大家的安宁生活。瘟疫再次肆虐，夺走了许多人的性命，有一个名叫桓景的青年，他的父母在瘟疫中失去了生命。

桓景非常伤心，他决定去山中拜师，学习斩除瘟魔的本领。一年又一年过去了，桓景经过刻苦学习，习得一身真本领。眼看今年的九月初九又快到了，师傅便赐予桓景茱萸叶、菊花酒和降妖宝剑，让他骑着仙鹤下山除魔。

回到村子里，桓景先将百姓带到山中安置好，给他们分发茱萸叶和菊花酒，告诉他们这两件东西能散发特殊的气味，瘟魔害怕这种气味，不敢靠近，可保大家平安。之后，桓景回到村子里伺机与瘟魔打斗起来，经过好几个回合的打斗，恒景最终用宝剑将瘟魔斩杀。从此，在九月初九登高避瘟的风俗就年复一年地流传下来了。

“出发去登高咯！”小明蹦蹦跳跳，高兴得要和爸爸一起去登高。

奶奶拉住他说：“等一下，先把这茱萸戴上，这样瘟魔就不敢靠近你了。”

小明拿起奶奶手中的茱萸说：“我也要给您戴上，祝您健康长寿！”

小明跟着爸爸妈妈、爷爷奶奶，走了很久，终于到达了山顶，大家站在高高的山峰上面往远处望，发现房子都变成了火柴盒般大小，路上行走的人们好像蚂蚁一样。

在山顶的亭子里面，妈妈把带来的糕点和菊花酒放在桌子上。

爸爸与爷爷喝着菊花酒，吟起了重阳诗：“九日黄花酒，登高会昔闻。”

小明一边吃着糕点，一边望着远处一群南归的雁，感受着这美好的风景，也背诵了一句：“心逐南云逝，形随北雁来。”

来登高的人们听到小明的诗，忍不住给他竖起了大拇指，小明感到开心极了！

【课例回放】

“九九重阳话敬老”主题班会

一、导入

师：同学们，咱们三年级在班委会的带领下，共同商议了本次活动的主题为“九九重阳话敬老”，并且制定了切实可行的活动方案，各小组也领取了任务单，开展了丰富多彩的准备活动。我相信，这张争章卡一定会留下大家争章的足迹。大家有没有信心？今天，我们还请来了三位特殊嘉宾，他们是：陈爷爷、李奶奶、钟爷爷，让我们用热烈的掌声欢迎嘉宾们的到来。现在，我宣布，咱们的活动正式开始。

二、授课

（一）九九重阳我知晓

师：近来，在班委会的组织下，我们分小组探讨，搜集了相关资料，想必大家对重阳节有了初步的了解。首先请看视频。

（播放视频，内容为重阳节的来历）

师：大家看得很认真！现在，我可要考考大家啦！让我们进入“九九重阳我知晓”知识抢答吧！

出示抢答题：

序号	题目	答案
1	重阳节是哪一天呢？	农历九月初九
2	重阳节的起源最早可以追溯到什么时期？	春秋战国时期
3	重阳节已有多少年的历史了？	2000多年
4	中国政府在1989年将每年的九月初九定为什么节？	老人节　敬老节

序号	题目	答案
5	你能说一句湖南省有关重阳节的气象谚语吗?	重阳无雨，冬至多雨。
6	你能背一句有关重阳节的古诗吗?	待到重阳日，还来就菊花。/遥知兄弟登高处，遍插茱萸少一人。
7	…………	

师：哇！你们知道得可真不少！为你们点赞！重阳也叫重九，因为易经中把九定为阳数，九月九两九相重，故曰重阳。九在数字中是最大数，所以有生命长久、健康长寿的寓意。古人认为重阳是一个值得庆贺的吉利日子，据史料考证，重阳始于远古时期，成型于春秋战国，普及于西汉，鼎盛于唐代以后，关于重阳节的文字记载，最早可追溯到先秦典籍《吕氏春秋》之《季秋纪》，到魏晋时，节日气氛渐浓，备受文人墨客吟咏，到了唐代正式定为民间的节日，此后历朝历代沿袭至今。九在数字中有长久长寿的含义，寄托着人们对老人健康长寿的祝福。

（二）风俗习惯我来说

师：同学们，你们知道吗？自古以来，重阳节还有许多它特有的风俗习惯哦！你们都了解吗？下面让我们进入“风俗习惯我来说”，各小组都准备好了吗？

（各小组上台分享）

示例——

赏菊组：“赏菊”“饮菊花茶”

大家好！我们是赏菊组。我们小组在组长的带领下，来到了田野边。秋天的田野，一片金黄，美丽极了。田野边，一簇簇菊花竞相开放，微风吹拂，阵阵清香扑面而来，沁人心脾。闭上眼睛，张开双臂，深呼吸，满心的菊花清香，好惬意啊！

菊花，又叫黄花，属菊科，品种繁多，有白菊、墨菊、紫菊、夏菊、秋菊等。我国是菊花的故乡，自古培种菊花就很普遍。

我们在田野看到的是野菊花，人们常将其采摘晒干，用作菊花枕头，据说可以清目醒脑哦！

“九月九，饮菊酒，祸可消……”早在南朝时期，饮菊花酒便为重阳节的旧俗，在古代，菊花酒被看作是重阳必饮、祛灾祈福的“吉祥酒”。

我们小组也采摘了不少，本想制作成菊花酒，但我们是未成年人，不宜喝酒。所以，今天将其泡成菊花茶，大家都可以品尝品尝它的味道哦！来！轻轻抿一口。哇！是不是满口的菊花清香？常喝菊花茶，能清凉解毒，听说对我们的眼睛有好处哦！

登高组：“登高”“佩茱萸”

大家好！我们是登高组。重阳节最重要的活动之一，便是登高，所以重阳节又叫“登高节”。我们组小婧、小婕在家长的带领下，登上了湘中第一山——褒忠山，那里，有潺潺的溪水，有叫得上名、叫不上名的各种树木，有陡峭的石壁，有历史久远的寺庙，还有湘乡电视台发射塔哦！如果步行的话，登上山顶需要两三个小时呢！但那里确实是登高望远、思亲祈福的好地方。

登高时，人们习惯佩上茱萸。重阳节佩茱萸的习俗在唐代至南北朝最为盛行，人们认为在重阳节这一天插茱萸可以避难消灾。瞧，这就是茱萸，味道很冲，能辟邪。可以佩戴于臂，也可以作香袋把茱萸放在里面佩戴，称为“茱萸囊”，还有插在头上的。大多是妇女、儿童佩戴，有的地方，男子也佩戴。

花糕组：“吃重阳糕”“放风筝”

大家好！我们是花糕组。重阳节的饮食之风中，最有名的就是吃糕了。在北方，吃重阳糕之风尤盛。“糕”与“高”谐音，吃糕是为了取吉祥之意，因而受到人们的青睐。今天，我们小组特意准备了“爱心牌”重阳糕，它是用桂花制作而成的，又叫桂花糕。来，大家尝尝！甜甜的，满嘴的桂花香，真是美味佳肴啊！当然，更重要的是，吃了重阳糕，预示着生活甜蜜蜜、学习步步高哦！

秋高气爽，正是放风筝的好时节。风筝，在古代，又叫“纸鸢”“纸鹞”，传说，重阳节放风筝，是“放吉祥”“放福气”，风筝放得越高，寓意越好。在南方，特别是台湾、广东惠州，过重阳节是要放风筝的哦！

师：哇！看来各小组真是做足了功课，让我们对重阳节有了更深的认识，各小组真是棒棒哒！

（三）敬老爱老我行动

师：同学们，重阳节，又叫“老人节”“敬老节”，2012年新修改的《老年人权益保障法》更是明确规定，每年的农历九月初九为老年节，感恩敬老便成为当今重阳节日活动的重要主题之一。之前，各小组积极筹划、参与，我相信此时一定有很多的感想与收获要和我们分享哦！

1.心有榜样力量大

示例——

登高组：（播放习近平爷爷尊老敬老图片）习爷爷说：“尊老敬老是中华民族的传统美德，爱老助老是全社会的共同责任。”习爷爷还说：“要让老年人老有所养、老有所医、老有所为、老有所学、老有所乐。”多年来，习爷爷一直身体力行，尊老敬老，是我们学习的好榜样。作为小学生的我们，一定听习爷爷的话，从身边做起，从小事做起，从现在做起，发挥主人翁精神，尊老、敬老、爱老、助老，为社会的和谐稳定贡献自己小小的力量。

2.敬老爱老，我们在行动

师：此时，我相信每一位同学心中那颗“敬老爱老”的种子已渐渐生根发芽。近来，在班委会和各组组长的组织下，我们分小组参与活动，将“敬老爱老”落到了实处，请看视频。

（播放视频，内容为：来到退休教师陈新庚老师家，与老师拉家常、谈心；帮自己的爷爷奶奶做饭、捶背、洗脚；帮孤寡老人挑水、扫地、洗衣服……）

师：各小组还绘制了“敬老爱老”标语牌呢！

标语牌示例——

登高组：师恩父爱千秋难忘，尊老敬贤万代流芳。

花糕组：家有一老，如有一宝；敬老爱老，生活美好。

赏菊组：家家有老人，人人都会老；人人都敬老，社会更美好。

师：尊师敬老，自古以来就是中华民族的传统美德。各小组棒棒哒！各小组还集思广益，用自己的方式表达对老人的关爱哦！能用自己的力量尊老、敬老、爱老、助老，是最开心的事，我们的社会一定会因你们这群小天使而更加和谐稳定。同学们，还记得那张争章卡吗？迅速补充好并有序交给后边的三位特邀嘉宾哦！待会儿，咱们的陈爷爷、李奶奶、钟爷爷会根据我们的表现和争章卡的完成情况颁发奖章哦！是不是很期待？

（补充填写争章卡并有序交卡）

师：祝贺同学们在主题班会争章活动中取得的进步，我们搜集资料、了解重阳节的来源与习俗、参与敬老爱老活动，体会到了合作的快乐，更感受到了敬老爱老给我们带来的幸福与感动。那么，现在，激动人心的时刻到了。这三枚特色章将花落谁家呢？让我们掌声有请陈爷爷、李奶奶、钟爷爷。

（嘉宾上台颁章）

三、小结

师：重阳节，知习俗，懂敬老。同学们，你们都是好样的！老师为你们而骄傲！“老吾老以及人之老。”同学们，尊老、敬老、爱老、助老，是中华民族的传统美德，它不光体现在重阳节，更应该成为我们生活的常态。让我们携起手来，在全社会尊敬老人、关爱老人、赡养老人，让老人的笑脸如花儿般灿烂，让老人的生活如蜜糖般甜美，让我们的社会开满幸福之花。

【乡村手记】

记我的《九九重阳话敬老》

我一直想，在重阳节快到的时候上一堂主题班会课。选材、设计方案、资源搜集、视频录制……前期准备工作一样都不能落下。近三个月的时间，我一直在琢磨，一直在思考，一直在准备，能以怎样更好的方式呈现这堂课。

为了注重学生的体验，观看关于重阳节的视频、抢答、分组竞争小游戏、小组汇报风俗习惯、学习习近平爷爷尊老敬老的榜样事迹、小组展示自己的实践行动，形式多样、新颖独特，每一项活动内容都紧紧围绕“知重阳习俗、懂尊老敬老”来开展，充分发挥了学生的主动性与主体性，让活动落到实处，从真正意义上更好地培养学生的核心素养。

上课时，孩子们观看视频，了解重阳节的来历与发展，直观形象，孩子们聚精会神的样子很是可爱！分组竞赛游戏环节形式新颖，深受孩子们喜爱，于无形中检验了孩子们对重阳习俗的了解，激发了孩子们的活动热情和学习兴趣。

在“重阳习俗我知晓”环节，孩子们展示自己小组搜集的重阳习俗，既检验了孩子们搜集、整理资料的情况，又培养了孩子们的合作意识和口头表达能力。

小组活动中，孩子们集思广益，自主设计，充分体现了主体性与创造力。孩子们剪纸、做手工、写节日联、器乐表演童谣，甚至现场连线奶奶、面对面献祝福，这都是孩子们创新能力的体现，通过小组活动使“尊老敬老”的意义更上一个台阶。

最激动人心的是颁章环节，当陈爷爷、李奶奶、钟爷爷三位嘉宾为小组颁发特色章时，孩子们的兴奋与喜悦溢于言表。同时，在希沃白板上设计的刮奖环节很有创意，孩子们刮刮刮，刮出了自己喜欢的奖品——桂花糕，哇，高兴得跳了起来，桂花糕的香甜蹦到孩子们的脸上了，多么美好的体验。最后，老师寄语，“重阳节，知习俗，懂敬老。同学们，你们都是好样的！老师为你们而骄傲！老吾老以及人之老。同学们，尊老、敬老、爱老、助老，是中华民族的传统美德，它不光体现在重阳节，更应该成为我们生活的常态。让我们携起手来，在全社会尊敬老人、关爱老人、赡养老人，让老人的笑脸如花儿般灿烂，让老人的生活如蜜糖般甜美，让我们的社会开满幸福之花。”

整堂课下来，40分钟，而前期策划与准备，足足三个月，有老师戏谑说：“你哪是上课，简直就是在拍一部电视剧。”哈哈，是的，就是在拍电视剧，而且是非常精彩的电视剧，是咱们农村偏远小学孩子主演的精彩纷呈的电视剧，我喜欢极了。

喜欢自是有喜欢的道理，而且，这堂课获得湖南省集体备课大赛的一等奖呢！作为主备人，容我小小地嘚瑟一下。自认为成功的课堂需要好好总结与反思。纵观整堂课，做到了如下几点：

第一，关注核心素养。“知重阳习俗”环节的抢答、游戏、小组展示等活动，注重培养学生搜集、整理信息的能力和自主合作探究的能力；小组实践活动的开展，增加了学生的生活体验，提高了学生的社会服务意识，培养了学生的社会责任感；“敬老爱老，我们在行动”中的小组合作展示活动，于无形中培养了学生的动手能力和审美能力；通过活动与体验，让学生懂得“尊老敬老，从我做起”，并付诸行动，形成习惯，这是学生核心素养的最好体现。

第二，与信息技术紧密融合。巧用Camtasia 9将重阳节优质资源和学生的三个实践活动剪辑制作短视频，优化了活动效果；巧用Photoshop画图，制作了特色章、组牌和标语牌，增加了美感，激发了学生的积极性；巧用希沃白板中的课堂活动设计小游戏、用微课视频增加互动、设计刮奖环节，让活动更灵动有趣，增加了活动的实效性；课件画面精美，实用性强，深受学生喜爱。

第三，活动组织形式新颖多样。活动前，小组搜集资料、整理信息；活动中，分组游戏、小组探访、合作探究、小组展示，从易到难，层层递进，体现了活动的梯度，更好地发挥了学生的主体性。

整堂课，学生通过体验与实践，于无形中提高了合作意识、动手能力和审美能力，从心灵深处懂得了“尊老爱老”的深刻内涵，萌发了“尊老爱老，从我做起”的思想，并付诸行动，形成习惯，这是书本与说教无法起到的效果。

从未有过的喜悦与成就感！原来，咱们农村偏远小学的课堂，也可以这么棒！

【敢想敢言】

成长中的“痛”

每个人的成长中都会有这样那样的烦恼，当今社会，社交媒体就是我们成长中最大的“痛”。且瞧我们小伙伴们的“痛”吧！

小婧、小婕双胞胎：嘿嘿！微信这东西，我们小孩子还是不碰为好。假期里，为了方便在学习软件上打卡，妈妈把她的旧手机给我和妹妹用。我们偷偷地注册了微信号，迅速添加好友，躲在屋子里和同学聊天，一聊就是好几个小时。有时，夜深了，我们还躲在被窝里聊天、看直播。结果，最近我的视力下降得厉害，看东西很模糊，但我又不敢跟妈妈说……

瀚瀚同学：“瀚瀚，你又买东西了？”楼下，传来了奶奶的叫声，“我接到好几个快递员的电话。是你买的东西吧？你又在哪儿买了什么？”我突然想起，前几天，我在抖音里下了好几单，有球鞋、玩具和零食。其实我当时就后悔了，本来想取消订单，但又不会弄。哎呀！抖音这玩意儿，一看就想买，一刷就上瘾，我完全禁不住诱惑，以后还是离它远点为妙。

欣雨同学：我们班有个女生，和爷爷奶奶住在一起。可前段时间，她迷上了社交媒体，整宿整宿地聊天、刷视频。第二天起不来，只好撒谎请假，一次、两次……渐渐地，竟然开始逃学。爷爷奶奶拿她没办法。老师和她约法三章，她仍屡教不改。唉！都是社交媒体惹的祸啊！

小璟同学：看到小伙伴都玩微信，我也很羡慕，便央求爸爸帮我买一部手机。爸爸不肯，他说：“三年前，你小姨在QQ上碰见一个冒充我的人给她发信息，说要借钱，小姨二话不说，给他转了3000块。过了几天，她问我借钱干什么，这才知道被骗了。”爸爸还说，小姨是大人，都被骗了，我还是小孩，更不能很好地辨别是非。为了安全，小孩还是不玩这些为好。

当今社会，社交媒体非常丰富。我们小孩子生活经验不足，自控能力不强，缺乏甄别能力，才出现这些情形：小婧、小婕双胞胎姐妹深夜躲在被窝里聊天、看视频、看直播，导致视力下降，耽误学习，还被妈妈骂；瀚瀚同学刷抖音购物成瘾；有的同学迷恋社交媒体逃学。而且，不只是孩子，有些成人也未能幸免，如小璟同学所说，他的小姨就遭遇了网络诈骗。诸如种种，绝非个例。

社交媒体，真是我们成长路上的“痛”啊！我们还是离社交媒体远一点，再远一点吧！

【创意写绘】

【教育信条】

道德教育成功的“秘诀”在于，当一个人少年时代的时候，就应该在宏伟的社会生活背景上给他展示整个世界、个人生活的前景。

11 成长·合作

【绘本名片】

	书　名：再见小树林 作　者：严淑女（著） 张又然（绘） 出版社：河北教育出版社

【故事导读】

小树林，一个由阳光、绿树和野花交织而成的心灵乐园，赋予男孩小绿广阔的想象空间。没想到这个心灵乐园一夕之间被大人摧毁了，树林不见了，高楼出现了。这样的事情，在社会每个角落不断地发生。小绿失去的是小树林，而我们，失去的又是什么？

【亲子阅读】

我的名字叫小绿。我家在大马路旁的小巷子里开了一间杂货店。

爸爸妈妈很忙，我犯有气喘病，所以大部分时间，我都待在小阁楼里。

我喜欢画画，更爱趴在窗台上，望着窗外那片神秘的绿。

那里原来是一家废弃的工厂，四周被高高的围墙围起来，里面长着许多大树，树上爬满密密麻麻的藤蔓，好像一片神秘的森林。

虽然一般人进不去，里面却好像住了很多动物，白天，晚上，下过雨后或月亮出来时，都会听到不同的叫声。

有时树里还会传来许多细细小小的声音，似乎在说着什么秘密。

我躺在床上，竖起耳朵，如果声音很接近窗户边，我会静止不动，一直到声音远离，才敢大口地呼吸。

我天天都在想象，树林里到底住着什么动物呢？

连从小在山里长大的妈妈也常常一边洗碗，一边说：“咦？怎么会有幼猴的叫声？它应该住在森林里啊！”

一位常来买东西的阿姨说：“这片树林好美啊！我每次经过都会忍不住停下来看一看。”

妈妈却说：“树林太浓密了，可能会有奇怪的动物出没吧。”

我听着妈妈的话，脑海中浮现出一个奇妙的画面。

晚上，等大家都睡着了，动物们从树林里跑出来，在行道树和公园间玩耍。附近山上的动物也会下山来，到树林里探险。

因为树林和我家里只隔了一道墙，天气炎热的时候，就会有青蛙在妈妈的洗碗池里舒服地泡澡。

小鸟也常常飞进来吃那些掉在地上的米粒。

那只斑纹猫总是大摇大摆地把我家当成过道到屋顶去晒太阳，甚至还在柜子里生了一窝小猫。

有一次，我推开阁楼的门，发现一只松鼠正坐在窗台上。我紧张地瞪着它瞧，它也歪着头望着我。

我们对望三秒钟后，它才沿着树枝跑掉了。

窗台上有一些大大小小的种子，大概是它留下来的吧。

妈妈捡起种子说：“每棵大树都是从这么小的种子里长出来的哟！”

我惊讶地望着这些神奇的小种子，然后把它们都种在花盆里，天天浇水，希望它们快快长大。

我家因为这片树林而变得很特别，每天都有新鲜的事情发生。

我决定把它当成我的秘密基地。

秋天的下午，树林里开满美丽的小黄花，我想去找一些花种子来种在我的花盆里。

我拉着绳子，沿着围墙慢慢往下爬，这是我第一次踏进我的秘密基地。

我一边捡种子，一边好奇地看着这片神秘的树林。

当我走到大榕树下时，树上突然传来噼噼啪啪的声音，好像有好多只小脚在匆忙地逃跑，吓得我马上爬回小阁楼。

或许这里也是动物们的秘密基地，我没有受到邀请就不能进去吧。

动物妈妈可能教它们要和陌生人保持距离，就像妈妈告诉我的一样。所以，我决定不再踏进这片树林了。

只要每天望着我和动物们共同的秘密基地，听着神秘的动物叫声，闻着花草的清香就很开心了。

有一天早上，我在睡梦中被巨大的声音吵醒，房间内射进刺眼的阳光。

我打开窗户一看，树林中的大树和花草几乎都被砍光了，挖土机在阳光下挥舞着怪手。

我生气地冲到楼下，看到被砍下的树枝凌乱地堆在一起，平常随风飞舞的叶子全散落在地上。

“为什么要砍树？”我生气地问砍树的工人。

旁边的老板却说：“这里要盖大楼了，这些树会挡住我的广告牌。”

“不准砍树！”我双手护着最后一棵老榕树。

“这又不是你家的！”老板用力踢着树干。

“这是我们大家的！”我气得双手发抖。

他们把我又推又拉地拖出来。

妈妈跑过来抱住我：“小绿，发生什么事儿了？”

“不见了！我们的秘密基地不见了！”

我又哭又叫地躲回小阁楼。

那天晚上，我画了一张又一张画。但是，我的心还是无法平静下来。

挖土机的声音天天在耳边响起，钢筋水泥架起了一只超大的怪兽。

眼中的绿消失了，风中闻不到绿草的清香，黄色花雨不再飘落，我默默地把窗帘拉上。

那年冬天，我的气喘病又发作了，每天只能窝在小阁楼里，望着窗外巨大的黑影。

我的心，也慢慢地被那阴影包围起来。

直到有一天早上，我听见窗外传来熟悉的声音。

我拉开窗帘，看见窗台前的小花盆里，冒出许多小小的绿芽，在阳光下闪耀着亮光。

我仿佛又看见从前窗外的那一片绿。

【课例回放】

“护绿我能行”主题中队活动

一、导入

咱们中队在队委会的组织下，共同商议了本次活动的主题“护绿我能行”，并且制定了切实可行的活动方案，制定了护绿章的争章标准。

二、授课

（一）“最美树木”我代言

1.为心中最美的树代言

晨曦小队：

嗨，大家好！我们是晨曦小队，我们来到了湖南省湘乡市最北端的金石镇。在这里，有一棵古银杏树，远近闻名哦。这棵古银杏树有八百二十年了，高40米，很大，要10个队员才能抱住它哦！它的叶子像小扇子，美丽极了。这棵树相传是南宋状元王容亲手种植的，是湖南省罕见的古树之一，被誉为“中国植物活化石”呢。我们是晨曦小队，我们为古银杏树代言。

启航小队：“一棵呀小白杨，长在哨所旁，根儿深，杆儿壮……”大家好，我们是启航小队。我们在湖南省湘乡市311省道的路边和大家打招呼。看到路边这一排排白杨树了吗？它们挺拔地立在路边，就像一排排战士。它们不仅可以美化环境，还可以防风固沙、保持水土、净化空气呢！白杨树就是我们心目中最美的树，我们为它代言。

雏鹰小队：这是摇钱树，学校里的是盆景，它实际上是叫榕树，《鸟的天堂》一文中有描写，它以“独木成林”而闻名。它又叫“万年青”，代表着长寿吉祥，老人生日时，送上一株榕树盆景是上上之选。它还代表着纯洁的爱情哦！而且，榕树全身都是“宝”，它的树皮纤维可用来制成渔网和人造棉，它的叶子、气根、树胶汁等都有很好的药用价值。我们是雏鹰小队，我们为榕树代言。

2.“树木知多少”猜一猜

头上长着千条辫，迎风摆舞在岸边。

一棵树儿并不高，长的果儿似钢刀，没有肥皂洗衣服，用它帮忙很有效。

一个婆婆园中站，身上挂满小鸡蛋，又有红来又有绿，既好吃来又好看。

头上青丝如针刺，皮肤厚裂像龟甲，越是寒冷越昂扬，一年四季精神好。

幼时味美正好尝，大时做笛把歌唱，老时拿来撑船用，长年漂流江河上。

（二）“生态教室”我设计

1.制定比赛规则

①每个小队自备落叶或枯枝等植物材料及背景卡纸、胶水、剪刀等材料。以小队为单位讨论交流，并合理分工，相互合作，现场制作一幅植物装饰画。（时间为8分钟）

②课外种植、培育植物，绿化教室。

③作品展示，小队评比。

④评委由队员们担任，不记名评价，得小树棵数最多的小队获胜，可以获得护绿章。

2.小队创作

3.小队展示

晨曦小队：

①《校园你最美》

校园的一角有一棵很美的迎客松，它不仅造型独特，还寓意着坚强、和平、热情、包容。我们用落叶、枯枝等材料把它做成这幅有趣的画，让每一片落叶都充满着智慧，充满着生命力。用落叶和枯枝来作画，既没有伤害树木，又很环保，还可以装扮教室，真是一举多得呀！

②土培种植绿萝

称为生命之花的绿萝是多年生常绿藤本，茎叶均肉质，茎节具气生根。我们利用气根对它进行扦插，先将带有气根的枝茎，放入有适当的营养液和生根粉的水中浸泡一会儿，再把浸泡过的枝条放入土中进行扦插，把这些浸泡过的水浇在枝条根部。绿萝不但生命力顽强，还能净化空气，吸收空气中的苯、三氯乙烯、甲醛等对人体有害的气体。

启航小队：

①《鱼龟戏水图》

几条小鱼儿在小河里悠闲地甩着尾巴，多快活呀！乌龟慢悠悠地在水里划动着四肢，仿佛这是任它主宰的世界。沙沙沙，起风了，小河边，一群落叶在快乐地跳舞，落到了地上、水里……鱼儿好像在说：真好！这落叶可以给我们挡挡太阳了。小龟毫不示弱，也来争抢树叶呢！

②无根栽培玉树、桃美人

我们在这棵高大的玉树旁边同时种植了几棵桃美人，这两种植物都是无根的栽培方式，我们任意剪下的枝或叶片插入土里，浇足水，基本半个月不用浇水。大家都知道只要是植树都有着净化空气的功效，而玉树和桃美人也不例外。不仅能有效地净化空气，吸收有毒的物质，还能降低噪声，使人安神静气，消除疲惫。

雏鹰小队：

①《幸福万年长》

我们利用竹叶、女贞叶、银杏等落叶做成两位正在花丛中载歌载舞的傣族少女。婀娜多姿的傣族姑娘身着艳丽的民族服装，随着一曲曲优美动人的傣族音乐，欢快地跳起了风格独特的傣族舞蹈。这不仅是一幅幸福生活图，也是傣族人民在中国共产党的领导下与其他兄弟民族“共同团结进步、共同繁荣发展”的赞歌。希望各族人民，团结一致，共创美好未来。祝福全国人民幸福万年长！

②水培种植红掌

我们在水培红掌的时候先将容器加上适当的营养液，再将带有气根的枝茎插进容器里，我们在这个容器里还放了两只可爱的小乌龟，将种植业、渔业有机地结合在一起，形成整体生态链的良性循环，体现了立体生态农业模式。

（三）“护绿爱绿”我能行

1.心有榜样力量大

雏鹰小队：

我要和大家说一个重要人物，他就是习近平爷爷。2020年4月3日，习近平爷爷和其他国家领导人在北京市大兴区旧宫镇参加首都义务植树活动。他们挖坑、种树、培土、浇水，种下了一棵又一棵树。习爷爷说：“要牢固树立绿水青山就是金山银山的理念，加强生态保护和修复，扩大城乡绿色空间，为人民群众植树造林，努力打造青山常在、绿水长流、空气常新的美丽中国。”这是党的十八大以来，习爷爷第八年参加首都义务植树活动了——2013年，2014年，2015年，一直到今年，曾经习爷爷和很多少先队员一起植树，每一个少先队员都感触颇多。习爷爷是我们的榜样，我们明白了植树造林、保护环境的重要性。护绿爱绿，是我们每一个中国人的责任。从今天起，我们要爱绿护绿，发挥主人翁精神，为美化家园、保护生态环境贡献自己的力量。

2.“护绿爱绿”，我们在行动

队员们在老师的带领下来到湘乡市可欣园林，园艺师为队员们讲解一些种植树木的方法和技巧，并带领他们现场种植树木，队员们自己动手，体会其中的乐趣，并在心底播下“爱绿护绿，从我做起”的种子。

各小队还用硬纸板、泡沫板等材料，“变废为宝”，绘制了护绿标语牌：

晨曦小队：给我一份爱，送你一片绿。

雏鹰小队：你要Li Wo，不要Cai Wo。

启航小队：爱绿护绿我能行。

三、小结

祝贺队员们在特色章争章活动中取得的进步，我们队员们为“最美树木”代言，布置“生物角”，设计“生态教室”，为美化教室出谋划策，用自己的行动感受到了“护绿爱绿”的幸福，体会到了发挥主人翁精神的快乐。相信，通过这次活动，大家一定对护绿爱绿有了更深的认识。习近平爷爷说过，“造林绿化是功在当代、利在千秋的事业，要一年接着一年干，一代接着一代干，撸起袖子加油干。”今天，我们保护生态；明天，生态回馈我们。队员们，你们是担负民族复兴大任的时代新人，希望大家从现在做起，从小事做起，保护自然，保护生态环境，用实际行动为建设美丽中国奉献自己的力量。

【乡村手记】

有趣的活动课

第一次这样正儿八经地设计少先队活动课，设计之前，有些忐忑。设计好之后，还是很忐忑。我一直在想，我的设计是否适合我们农村偏远小学的孩子。幸好，少先队名师工作室主持人沈豪英校长总是鼓励我，让我对我的设计和我们的孩子都信心满满。果真，效果杠杠的。下面，我具体来说说这堂课。

“将有意义的事做得有意思”是活动课的标准。我们辅导员要持有“深入队员生活、尊重队员选择、释放队员心灵”的教育态度，遵循“快乐体验原则”，方能激发队员参与活动课的兴趣。而《护绿我能行》这堂活动课在丰富自身体验、重视活动评价这两个方面很好地体现了“趣”。

1. 丰富自身体验

中队活动，作为少先队员们“自编、自导、自演”的集体创作活动，其自身体验自然不会少。“护绿我能行”这堂活动课便很好地体现了这一点。

首先，我设计了这样的活动目标：认识身边常见的树木和植物，知道树木与人类的关系，培养热爱自然的情感；参与绿色校园创建，画一画学校的树木，布置中队“生物角”，为美化教室、美化校园出谋划策，培养主人翁精神。设置的这两个活动目标，表述清晰，由浅入深，层层递进，而且都重在丰富少先队员的自身体验。

然后，我设计了三个活动：“最美树木我代言”“生态教室我设计”“护绿爱绿我能行”。三个活动，三个小标题，新颖别致，从不同角度，有不同任务、不同分工，但都有着共同的特点，那就是着重于“我”的体验，“我代言”“我设计”“我能行”，充分体现了少先队员的主人翁精神，这样的体验一定是终生难忘的。

在活动一“最美树木我代言”中，晨曦、启航、雏鹰三个小队，分别选取了最具代表性的树，比如，“中国植物活化石”——金石镇的古银杏树；美化环境、防风固沙、保持水土、净化空气的“战士”——白杨树；以“独木成林”而闻名，代表着长寿吉祥的榕树。这三种树，生长在不同的地方，它们分别是不同的类型、象征着不同意义，极具代表性，这是少先队员们在辅导员的指导下，认真斟酌、仔细思考的结果，队员们查阅资料，实地走访，亲自为树木代言，这本身就是一种很好的生活体验。

活动二“生态教室我设计”的活动意图是以小队为单位出谋划策，利用“植物装饰画”和绿植、盆景等，设计自己心目中最美的“生物角”和“生态教室”，体验植物与艺术融合的创作过程。活动分现场制作和课外种植两项任务，以比赛的形式开展。首先来说现场制作，每个小队自备落叶或枯枝等植物材料及背景卡纸、胶水、剪刀等材料，以小队为单位讨论交流，并合理分工，相互合作，现场制作一幅植物装饰画，时间为8分钟。然后是课外种植、培育植物，绿化教室。整个创作活动中，我看到了各小队的聚精会神、团结协作。当各小队向我展示他们的作品时，说实在的，我有一种眼前一亮的感觉，用时髦一点的话来说，就是“小伙伴们都惊呆了”。晨曦小队展示的《校园你最美》，利用落叶、枯枝制作成造型独特，寓意着坚强、和平、热情、包容的迎客松，既没有伤害树木，又很环保，还可以装扮教室，一举多得；他们土培种植的绿萝，是利用气根对它进行扦插的，被称为生命之花，不但生命力顽强，还能净化空气，吸收对人体有害的气体，真是下了一番功夫。启航小队展示的《鱼龟戏水图》，是用落叶和枯枝拼贴的画，看上去活灵活现，栩栩如生；无根栽培的玉树和桃美人不仅漂亮，还能降低噪声，使人安神静气、消除疲惫，真令人大开眼界。雏鹰小队展示的《幸福万年长》，是利用竹叶、女贞叶、银杏等落叶制作而成的，意在希望各族人民，团结一致，共创美好未来，真可谓意味深长；水培种植红掌，并在容器里还放了两只可爱的小乌龟，将种植业、渔业有机地结合在一起，体现立体生态农业的良性循环模式，真是别出心裁。课前的活动准备和课中的现场制作，我们且不论比赛的结果如何，光是这过程，就是一种体验，是一种很好的挑战，意义非凡。

展示完毕，顺即进入活动三——“护绿爱绿我能行”。队员们在老师的带领下来到湘乡市可欣园林，园艺师为队员们讲解一些种植树木的方法和技巧，并带领他们现场种植树木，队员们自己动手，自己体会，不懂就问，有好几位队员就树木的种植向园艺师提问：“树在移栽的时候为什么要带点土呢？”“为什么每年都要修剪枝叶呢？”“栽树的时候，根为什么不能埋更深一点呢？”“移栽时带的土上面的草要挖掉吗？”这是教科书里所没有的，是赤裸裸的生活体验，只有亲身体验，才能留下深刻的印象。也许，多年后，其中的细节他们会淡忘，但是这种体会将伴随他们一生，这样的体验，如果条件允许，多来几回又何妨？

2. 重视活动评价

中队活动中，多样化的评价起着至关重要的作用。“护绿我能行”这堂中队活动课，恰到好处地体现了这一点。如，中队设计了争章卡，分四个方面制定了争章标准，各小队开展丰富多彩的实践活动，并根据活动的完成情况先进行自我评价和小队评价，而后由中队进行整体评价，在下一次队会上举行颁章仪式，它切切实实地激发了队员们的兴趣，整堂中队活动课上，队员们表现特别积极。再如，“生态教室我设计”这个活动中，是以比赛的形式呈现的——作品展示，小队评比，评委由队员们担任，不记名评价，得小树叶最多的小队获胜，可以获得护绿章。各小队为一决高下，使出浑身解数，积极性很高。在评价时，队员们丝毫不徇私，客观公正地将自己的小树叶投给了自己喜欢的作品，这就是队员们在活动中所体现出来的大局意识和担当精神，这样的评价发挥了队员们的主体作用，能从真正意义上让队员有所成长。同时，这堂中队活动课上，还有许多激励性的评价，如在观看为最美树木代言这个视频后，主持人评价“各小队都棒棒哒”。队员在参与“树木知多少”活动时，主持人评价“你们太了不起了，这些问题都难不倒你们”。在“生态教室我设计”活动展示时，主持人评价“晨曦小队真是能干，设计的迎客松逼真极了，还培育了绿萝，真是了不起；启航小队的鱼龟戏水图真是活灵活现，让我们大开眼界，他们种植的玉树和桃美人真漂亮；雏鹰小队的《幸福万年长》更是惟妙惟肖，令人着迷，他们种植红掌的方法真是别出心裁啊！”如此中肯的话语看似平常，却激起了每一位队员的表现欲，也正是这些激励性的评价，让队员们在“自编、自导、自演”的过程中兴趣盎然，更好地发挥了其自主性和团队的合作，主人翁精神和集体荣誉感不断提升。

一堂课下来，孩子们都说“好玩”“有趣”，而我，看重的是这堂活动课背后的意义。队员们为“最美树木”代言、布置“生物角”、设计“生态教室”，为美化教室出谋划策，用自己的行动感受到了“护绿爱绿”的幸福，体会到了发挥主人翁精神的快乐。通过这次活动，队员们对护绿爱绿有了更深的认识。习近平主席说过：“造林绿化是功在当代、利在千秋的事业，要一年接着一年干，一代接着一代干，撸起袖子加油干。”今天，我们保护生态；明天，生态回馈我们。少先队员是担负民族复兴大任的时代新人。这次活动让他们明白了要从现在做起，从小事做起，保护自然，保护生态环境，用实际行动为建设美丽中国贡献自己的力量。

透过这堂活动课来看孩子，孩子们之间的团结合作更彰显着他们的成长，这是最不容忽视的。作为老师，很高兴以这样的方式见证孩子们的成长。

【敢想敢言】

比变美更重要的事

阅读课上，我一口气就读完了《和孔雀一样美丽》这个故事。

《和孔雀一样美丽》主要讲了德尔菲娜和玛丽纳特姐妹俩以及农场的小动物们遇到了美丽而高贵的孔雀，无比羡慕它的美貌，都希望自己变得和孔雀一样美丽。孔雀毫无保留地向这些热情似火的粉丝分享了自己的“美丽宝典”。姐妹俩和农场里的动物们都努力地按照“美丽宝典”的方法追逐美貌，渐渐地，大家明白了孔雀的方法并不能让他们变美，还有比变美更重要的事，便彻底放弃了孔雀的“美丽宝典”。只有小猪一直坚持，不顾他人提醒，最后它丧失了理智，以为自己像孔雀一样长出了羽冠和尾羽，把彩虹当作是自己开屏了，沉浸在自己虚幻的美貌之中。

读了这个故事之后，我明白了：虽然爱美之心人皆有之，但是我们如果太在意自己的外貌，攀比穿着打扮，就会像小猪一样丧失理智。这也让我不由得想起了自己的一次经历。

那时，还没进入夏季，天气才刚刚开始转热。那天，同学小朵穿了一条漂亮的裙子到学校，从她进教室的那刻起，她就成为了班上的焦点，是女生羡慕的“孔雀”。

早自习下课后，她的身边便热闹起来了，大家围着她七嘴八舌。

“现在可以穿裙子了吗？”

“你的裙子真漂亮！”

“我也有这样的裙子。”

“我明天也要穿裙子。”

第二天早上，我与奶奶舌战三百回合才穿上我喜爱的裙子心满意足地来到了学校。那天，班上许多女生都穿上了夏季的裙子，有几个没穿裙子的女生接连叹气，无奈地说：“我奶奶不让穿，她说这样的天气穿裙子容易感冒。”

班主任老师发现了这样的情况，把我们叫到办公室苦口婆心地劝说了一通，内容也无非是不能只顾穿得漂亮，不顾天气状况这些话。当时，我们对老师的话有些不服气，心想：这么大的太阳，挺热啊！

没想到，到了下午，太阳突然钻进了云层，天空乌云压顶，刮起了大风，冷得我们直打哆嗦……

后来，我们好几个女生都得了感冒，教室里断断续续的喷嚏声、咳嗽声，持续了好几天。

现在想起来，当时的我就好像《和孔雀一样美丽》这个故事中的小猪，为了穿上漂亮的裙子，失去了理智。如果我早听奶奶的劝告，也不至于生一场病。其实，我发现很多时候我们也都像农场里的小动物一样，总是相互比较谁更漂亮。

但是，我们却没有像它们一样清醒过来，去发现比变漂亮更重要的事情。故事中的大白鹅告诉德尔菲娜和玛丽纳特：“变漂亮并不是生活里最重要的事。给手帕缝上边，比你披上一条花尾巴重要多了！”我认为，对于我们而言，拥有健康的身体，认真努力地学习是比穿上漂亮的裙子更重要的事情。

【创意写绘】

【教育信条】

教育孩子如育花，精心浇水、施肥、呵护，方能成功。但事实上并不是所有人都能养好花，不懂得就要向别人请教，学习养花的经验与艺术。

12
成长·怀念

【绘本名片】

书　名：李白——天马行空的诗仙

作　者：谢徽（著）

林伟　陈梦佳　何继红（绘）

出版社：四川少年儿童出版社

【故事导读】

李白是一位天马行空、无可仿效的天才诗人。他通过自己的诗篇赞美祖国河山、针砭现实政治、贴近人民情感、追求精神自由，并以其独特的创作手法和创作特点，及其对诗歌内在韵律的天才把握，成为世界诗歌史上光辉灿烂的传奇。

【亲子阅读】

①闻王昌龄左迁龙标遥有此寄（唐 李白）杨花落尽子规啼，闻道龙标过五溪。我寄愁心与明月，随风直到夜郎西。

②古朗月行（唐 李白）小时不识月，呼作白玉盘。又疑瑶台镜，飞在青云端。仙人垂两足，桂树何团团。白兔捣药成，问言与谁餐。

③月下独酌（唐 李白）花间一壶酒，独酌无相亲。举杯邀明月，对影成

三人。月既不解饮，影徒随我身。暂伴月将影，行乐须及春。

【课例回放】

李白与月

一、导入

1. 同学们知道，古人爱写月亮。所谓“吟风弄月”就是舞文弄墨的代名词。那么最爱写月亮的是谁呢？纵观《全唐诗》，这项桂冠当属诗仙李太白。在太白诗集中，咏月多达三百余处，甚至于李白给儿子取名也忘不了月亮，名曰：明月奴，足见诗人平生对于月亮的酷爱，以至死后还留下诗人醉后入江捉月而溺亡的传说。

如此传奇的人物，到底何许人也？

2. 你了解李白吗？（指名简介李白）

李白，字太白，号青莲居士，唐代伟大的浪漫主义诗人，在我国历史上，被称为诗仙。其诗风豪放飘逸，想象丰富，语言流转自然，音律和谐多变。与杜甫并称“李杜”，是华夏史上最伟大的诗人。

如此传奇而伟大的诗人，他和“月”到底有着怎样的渊源呢？今天，咱们一同走进《李白与月》。

二、授课

（一）古诗我会猜

预设:《古朗月行》

1. 从小，李白就与天上那一轮圆月结下了不解之缘。

出示图片，猜猜：这是哪首诗？

2. 背诵古诗。

3. 体会诗歌情感。

（二）古诗我会品

1.二十四岁时，李白“辞亲远游”，家乡那能够引发诗情的月光跟随着李白，一同闯荡他的一片新天地。然而，愁思愁绪总是在不经意间爬上心头，挥之不去。

2.初读《闻王昌龄左迁龙标遥有此寄》：

闻王昌龄左迁龙标遥有此寄

杨花落尽子规啼，闻道龙标过五溪。
我寄愁心与明月，随君直到夜郎西。

①指名朗读，其他同学评价。

②教师范读。

③体会感情基调。

3.合作学习

①组长带领大家完成学习单上的任务。

a.结合注释，说说古诗的意思。

b.诗人是通过哪些事物来表达“愁心”的？抒发了诗人怎样的思想感情？

②要做到分工明确，组内有序汇报交流。

4.小组汇报学习成果。

5.试着背这首诗，再次领悟诗人李白的情感。

（三）古诗我能诵

1.在李白近四十年潦倒寂寞的游历中，不是独身一人寄居于客舍之中，就是奔波于舟船之上。远离家乡和亲人，常常陪伴他最长久的，恐怕就是月亮，而最可引为知己者，恐怕也是月亮。有诗为证：《月下独酌》。

①出示图片，诵古诗。

②读古诗，体会情感。

2.岁月漫漫，李白空有凌云之志，却一生怀才不遇。仰头望月，引发了他浓浓的乡愁，寄托着他对家乡和亲人的思念，如《静夜思》。

①出示图片。

②背古诗，体会情感。

（四）古诗我会创

1.短短的一节课，我们阅读了李白描写“月”的许多古诗。不同的时期，不同的场景，不同的感受，孩童时的天真烂漫、“辞亲远游”时的孤寂、念友、思乡之情在诗中表达得淋漓尽致，唯一不变的仍是对“月”的痴情。

2.创作《明月》：

小时候，明月似________，我在这头，它在那头。

长大后，明月似________，我在这头，思念在那头。

后来啊，明月似知己，我在这头，________在心头。

而现在，明月似________，我在这头，________在那头。

三、小结

李白是为月而生的，母亲怀太白金星而生李白；李白是为月而死的，醉酒中跳入长江捞月而亡。他一生怀才不遇，壮志未酬，因而以无限深情，向往月亮，讴歌月亮。在人世间，他有志难伸，饱受屈辱，只有天上那轮明月，才是他心灵的寄托，精神的家园。

【乡村手记】

再见，我的母校

今天，正式和我奋战八年的栗山学校——我的母校，说再见。

办公室墙壁上，“细节决定成败，态度决定一切”两行字，仍然那么清晰，仍然能触动我的心，然而，我却要离开了，这所我上学六年、实习一年、工作八年的学校，我真的要离开了。

简单地发了朋友圈：“就这样，和你，说再见！”

简短的语言，我却心潮澎湃，以致泪目。

在栗山学校工作了八年，当班主任，当教导，当校长，每一步都很辛苦。但也因为这份辛劳，我感觉很充实，很快乐。孩子们很懂事，很乖巧，我很舍不得他们。许多人不愿待在偏僻的小学校，而我从来不因为我在这所偏僻的小学校工作而自卑，相反，我觉得很幸福。因为，这里，真的像极了我的家。

回想这么多年来的点点滴滴，忆起我和老师们一起加班、一块筹备活动，为了一点小成绩而欢呼的场景，也忆起和孩子们一起打球、一起画画、一起读书的每一个日子，忆起好多次翻山越岭去家访的情景。越回忆，越不舍，越纠结。

其实，不舍与纠结的何止是我？

那天，有好几个孩子不愿转校，哭了。看到他们的眼泪，我的内心无比纠结，也有一种想流泪的感觉，但是，我得坚强，我不能哭。

锦泽是哭得很厉害的一个。我给他一个浅浅的拥抱，希望能让他的心平静一点。良久，看上去，他好了许多，我答应他会去新学校看他，他半信半疑，终于愿意去新学校报到。

泽辰在学校没有哭，可是在返回的路上哭得稀里哗啦，他奶奶打电话给我说，泽辰在爸爸和奶奶的带领下去新学校报到，走到校门口却迟迟不肯进去……

每一个孩子都是上天派来的天使，因为他们，才成就了我们。可是，在生源严重不足的情况下，在上级领导的安排下，我们真的不得已。我、我们又何尝不想留下？我、我们又哪里舍得这群可爱的孩子？

孩子，人生有许多不得已，也许，这只是开始。不管未来我们在哪里，你们永远是我最爱的孩子。感谢你们一直那么爱我，感谢你们带给我的所有美好回忆与诸多感动，感谢遇见。愿未来，我们仍能相遇！

不舍的，除了孩子，还有老师。前几天，莎莎老师和丹婉老师调出，我分别发文。

致莎莎：最近几年的八月，都适合感怀。去年欢送珍珍和婉婷，今年欢送莎莎。七年前，因为一场美丽的相遇，我们一起走过两千五百多个日子。这两千五百多个日子里，我们一同努力，一同奔跑，我们见证了莎莎老师从优秀到更优秀，感受到了莎莎老师永远的温柔与温暖。相遇最美，离别又何须忧伤！因为明天我们仍会相遇！而且，我们在彼此的心里，那么，将来的我们，不管在哪里，都似乎永远在一起。七年里，于公，感谢莎莎老师工作上的辛勤付出，于私，感谢莎莎老师把我们当家人当朋友。七年，看似漫长，然则短暂，人生，也就十多个七年吧。感谢我们七年的相守。愿未来，我们能有机会共度第二个第三个或者更多的七年。至深的情谊，至真的祝福！祝愿莎莎老师工作顺利、生活甜蜜、家庭幸福！期盼，明天，再相遇！！

许久，收到了莎莎老师的回复：好美的文字，好暖的情！七年了，栗山的一草一木，一砖一瓦都令我难忘！最让我感动的是栗山的家人们，谢谢你们给我的所有帮助、关怀、鼓励、支持，谢谢你们！期待与你们的再次相见！我也很舍不得大家！

除了不舍，还是不舍。感谢相遇、相知与相守。期待明天会更好！

致丹婉：今年，今天，此时，再感怀。因为丹婉老师荣调先锋了。是否，先锋就是我们的下一站！我们的团队，退休、调动，而今，越来越精简。有时，想想，觉得是好事。因为我们团队里的每一个人都是精英，都备受欢迎！我甚至看到了不久的某一天，我们在下一站相遇相聚相守，好期待！所以，丹婉老师，当喜讯传来时，我替你高兴！七年的时光，感谢你为学校付出了那么多，想念我们一起奋斗一起加班的日子，想念那晚我们边加班边品尝香喷喷的腊肉，想念你家的鱼仔和鹅蛋。相信，未来的你，定更优秀！路过学校，不要回头，因为前方更美好！祝贺！祝福！明天，我们再相约！

半小时之后，收到丹婉老师的回复："路过学校，不要回头"，本来平静的心，却为它动容，因它泪目！怎么能不回头！或者说回不回头，它就在那里！曾说栗山同事们就是我的朋友家人，此刻一别，我知道以后再也不会有更美好的教师工作生活了。我们人虽少，地方也不大，但从二十六至三十三岁最好的年纪在这样温暖的地方，和这样温暖的人在一起，怎么不是人生最好的阶段！谢谢修银姐的指导和关照！谢谢我们共同度过的这些美丽的日子！有这美丽的充实的七年，无论以后在哪里，我相信都不会畏惧什么……不说再见！再说一声谢谢！谢谢我们亲爱的栗山家人们！

丹婉老师，谢谢你！美丽的日子里，能有我们！未来的日子，一定更美好！加油哦！我心里默默地念道。

终于，今天，轮到我了，没有人送行，没有人挽留，独自一人，默默离开。关上校门的那一刻，我不敢回头，因为我怕，怕我的母校、我付出全部爱的学校，看见我的眼泪……

栗山，我的母校。就这样，和你，说再见！

【敢想敢言】

展 翅

“放寒假时，她把考试成绩单拿回家，妈妈看后，什么也没说，狠狠地打了她一个耳光。小樱桃感觉自己就像一只折断了翅膀的小鸟，从高高的天空重重地跌落下来……”捧着《展翅》，我竟泪流满面，仿佛书里写的不是小樱桃，而是我……

期中考试时，我考了有史以来最差的成绩，妈妈二话不说，重重地甩了我两个大耳光。这完全在意料之中，又似乎在意料之外。我捂住脸，眼泪像决堤的洪水。我边哭边吼：“你打啊！你打死我好了！反正，你的心里只有弟弟，没有我！呜呜呜……”那时的我，就像书本中的小樱桃一样，是一只折断了翅膀的小鸟，那时的我，真的，彻底绝望了……

以前，可不是这样的。以前的我，可是人见人爱的小公主，爸爸妈妈宠我，爷爷奶奶事事依着我。可是——

去年，弟弟出生了，爸爸妈妈甭提有多高兴了，整天围着弟弟转，就连平日里最爱我的爷爷奶奶也只顾着逗弟弟玩。

有一天晚上，为了刷存在感，我圈住妈妈的脖子撒娇："妈妈，今天陪我写作业好不好？"

"没看我正在哄弟弟睡觉吗？别吵吵！自己写！赶紧地！"妈妈瞪了我一眼，用力甩开我的手，继续轻声哼着《摇篮曲》。

我好伤心，我觉得我是这个世界上多余的人。

从此，我故意捣乱，把弟弟的奶瓶藏起来，用弟弟的奶粉喂池塘里的鱼，甚至有一次，我趁妈妈没注意，掐弟弟的屁股。

…………

"欣欣，妈妈不该打你，妈妈错了。这段时间，爸爸妈妈因为照顾弟弟，忽略了你的感受，让你受委屈了。其实，爸爸妈妈都是爱你的。只是现在弟弟还很小，需要我们更多地照顾，而你渐渐长大了，该懂事了！"那天，等弟弟熟睡后，爸爸妈妈推开我的房门，拉着我的手，温柔地抚摸我的头，轻声细语地对我说。

顿时，我鼻子一酸，泪水模糊了我的双眼。我扑进妈妈的怀抱，那一刻，所有的怨恨、绝望都烟消云散。

"小飞花展开翅膀，飞向了高高的天空——她的翅膀已经完全康复了！""小樱桃在伯父的头顶上慢慢地张开双臂——她有一种飞翔的感觉，她感到自己就像小人鱼一样，飞上了天空；她也像小人鱼一样，重新获得了声音……"我忍不住一口气读到了书本的最后一页。

故事就这样结束了，多么完美的结局。我想，我的叛逆故事也该结束了。以前，是我太任性，不理解爸爸妈妈的爱，不懂得爸爸妈妈的辛苦，即将迈入初中的我，也该懂事了。

爸爸妈妈，你们放心，我会像小飞花和小樱桃一样，勇敢地飞向属于自己的那片蓝天。因为，以前，我是最可爱的小公主，以后，我要做最勇敢的小天使。

【创意写绘】

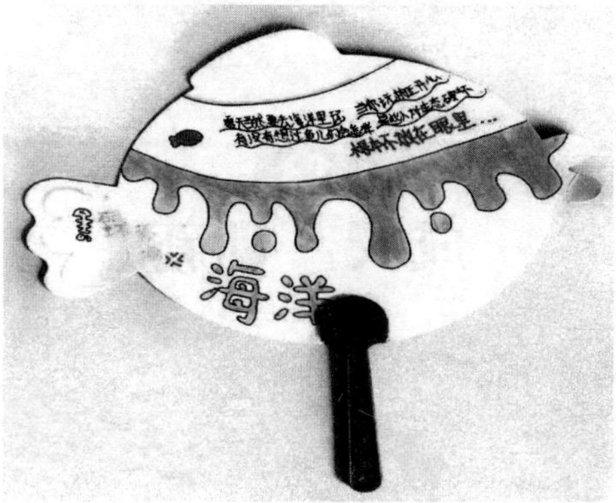

【教育信条】

教师的职业是神圣的，是光辉的，是荣耀的。教师的心声是纯净的，是高贵的，是无私的。

13
成长·创新

【绘本名片】

书　名：儒林外史
作　者：吴敬梓
出版社：连环画出版社

【故事导读】

严监生是吴敬梓创作的长篇小说《儒林外史》中的人物，原名严大育，字致和，出场于小说第五回、第六回。

严监生虽拥有十万银子家产，却极度吝啬；临死见灯盏内点着两根灯草，恐耗油过多，伸出两个指头，迟迟不肯断气，直到其妾揣知其意，挑掉一根，才点头死去。

严监生是个典型的悭吝鬼，被称作“东方葛朗台”；与李梅亭、卢至、监河侯一同被称为“中国四大吝啬鬼”。

【亲子阅读】

自此，严监生的病一日重似一日，再不回头。诸亲六眷都来问候。五个侄子穿梭地过来陪郎中弄药。到中秋以后，医家都不下药了。把管庄的家人都从乡里叫了上来。病重得一连三天不能说话。晚间挤了一屋的人，桌上点着盏灯。严监生喉咙里痰响得一进一出，一声不倒一声的，总不得断气，还把手从被单里拿出来，伸着两个指头。大侄子走上前来问道："二叔，你莫不是还有两个亲人不曾见面？"他就把头摇了两三摇。二侄子走上前来问道："二叔，莫不是还有两笔银子在那里，不曾吩咐明白？"他把两眼睁得滴溜圆，把头又狠狠摇了几摇，越发指得紧了。奶妈抱着哥子插口道："老爷想是因两位舅爷不在跟前，故此纪念。"

他听了这话，把眼闭着摇头，那手只是指着不动。赵氏慌忙揩揩眼泪，走近上前道："爷，别人都说的不相干，只有我能知道你的意思！你是为那灯盏里点的是两茎灯草，不放心，恐费了油。我如今挑掉一茎就是了。"说罢，忙走去挑掉一茎。众人看严监生时，点一点头，把手垂下，登时就没了气。

【课例回放】

设计形象名片

——《两茎灯草》随文仿写

一、导入

1. 谈话：前些日子，老师留心观察，精心设计，为咱们班的部分孩子和家长量身定制了极具个性的形象名片。

出示图片：飞毛腿陈欣国、我们班的含羞草、火药桶爸爸。

2. 说说这些形象名片的设计理由。

3. 早在清代，吴敬梓就在《儒林外史》中，根据人物的特点，用文字设计了一张张极具个性的形象名片。其中，有一张名片很是特别，让我们一起大声喊出主人公的名字。

①引出严监生。

②吴敬梓到底为严监生设计了一张什么样的形象名片呢？让我们一同走进《两茎灯草》。

二、授课

（一）故事我来读

1. 自读故事

①出示自读提示：读准字音，读通句子。读不通的地方多读几遍。你读出了一个怎样的严监生？试着用一个词来概括。

②学生自由朗读，教师巡视。

2. 自读汇报

交流自读成果：从文段中，我读出了一个＿＿＿＿＿＿＿＿的严监生。

预设：吝啬、爱财如命……

（二）形象我来品

1. 跳读或扫读课文，聚焦于严监生的招牌动作：两个指头三次摇头，感悟动作、神态描写的妙处。

①文段中严监生有个动作最能体现他的性格特点，你能找出来吗？

明确：两个（指头），三次（摇头）。

②结合上下文，小组交流，仔细品读严监生“三次摇头”的句子，体会其表达的妙处。

提示：

a. 不同的摇头方式，读出不同的语气。

b. 此时的严监生有着怎样的心理？猜一猜。

c. 作者用了哪些描写方法来突出人物特点？

③合作学习

小组交流，教师巡视。

④全班反馈

预设：第一次摇头，通过动作描写来表现严监生的内心有些失望，第二次和第三次摇头分别用夸张式的动作和神态描写来表现严监生的焦急、生气乃至绝望的心理，人物刻画生动形象。

⑤指导朗读

2.补充资料，进一步感受严监生的吝啬、爱财如命。

他家有十多万银子。钱过百斗，米烂陈仓，僮仆成群，牛马成行。良田万亩，铺面二十多间，经营典当，每天收入少有几百两银子。

——节选自《儒林外史》

①从这个语段，你感受到了什么？

预设：严监生家很有钱，如果在现代一定身家过亿。

②结合《两茎灯草》文段，你感悟到了什么？

预设：更突出了严监生的吝啬、爱财如命的性格特点。

3.作者将严监生吝啬、爱财如命的形象刻画得淋漓尽致、入木三分，这张形象名片真称得上“五星级形象名片”。你还能为这样的严监生设计怎样的形象名片？

预设：小气鬼严监生、吝啬鬼严监生、守财奴严监生……

（三）名片我设计

1.回顾已学形象名片

①看图，猜猜他们是谁？（出示图片）

②回顾细节描写精彩语句，再次感悟细节描写的妙处。

预设：《摔跤》中的小胖墩儿：

“是吗？”小胖墩儿跳起来，立刻退后两步，一闪身脱了单褂儿，叉着腰说，“来吧，是一叉一搂的，还是随便摔？”用动作和语言描写生动形象地写出了小胖墩儿聪明伶俐、眼疾手快、身手敏捷，而且自信心爆棚的特点。

“塌着腰，合了裆，鼓着眼珠子。”动作、神态描写很传神，写出了小胖墩儿的沉稳、经验足的特点。

《他像一棵挺脱的树》中的人力车夫祥子：

“他没有什么模样，使他可爱的是脸上的精神。头不很大，圆眼，肉鼻子，两条眉很短很粗，头上永远剃得发亮；腮上没有多余的肉，脖子可是几乎与头一般儿粗；脸上永远红扑扑的，特别亮的是颧骨与右耳之间一块不小的疤。”这是对祥子的外貌描写，刻画了他老实、坚韧的下层劳动人民的形象。

③师：像这样的动作、神态、语言、外貌等描写，又叫细节描写。关于人物细节描写的方法，除此之外，还有心理描写等。运用这样的细节描写，一定能使你笔下的人物栩栩如生。

2.设计形象名片

①初拟标题

抓住身边的一个人物（自己、同学、家人、老师……）的特点，为其命一个新颖的名字。

②练写片段

练写一个小片段，150字左右。

要求：用上生动传神的细节描写，人物特点鲜明。

a.学生习作，教师巡视。

b.学生提出评选标准，制作“习作评价量表”。

c.根据“习作评价量表”进行自我评价和小组评价。

d.各小组推荐“五星级形象名片”上台展示。

③成果展示

a.小组推荐作品，借助实物展示台进行展示。

b.小老师借助希沃白板，按“习作评价量表”进行现场评价。

c.将推荐的习作张贴至“五星级形象名片”栏。

三、小结

1.品读名著中的人物，如《西游记》中的孙悟空、《红楼梦》中的王熙凤、《三国演义》中的诸葛亮、《水浒传》中的武松……

2.注意体会人物细节描写的方法，并学以致用。

【乡村手记】

也谈我的“设计形象名片”

终于等到学校的公开课，我所执教的是《两茎灯草》。《两茎灯草》是一篇白话文，对于五年级的孩子来说，有些难懂，读起来还有些拗口。但，很庆幸的是，这几年，孩子们在课外阅读中成长了不少。孩子们的表现真的很优秀，不得不为他们点赞！

初备这堂课，是在两年前，那时是人教版，题目为《临死前的严监生》。我将教案与课件稍作修改，昨天便满怀信心地试课，结果——课堂气氛不活跃，重难点未突破，教学任务未完成，我马上调整思路。第一步是要调动孩子们的学习积极性。于是，我想到“设计名片”这个点子，设计“故事我来读—形象我来品—名片我设计”三个板块，以图片导入，让孩子们说说图片中人物的特点，然后引入到课文中的严监生，孩子们很积极，整堂课一气呵成。

在“故事我来读”环节，许多孩子说严监生吝啬，是铁公鸡，一毛不拔，也有孩子说严监生很节省。面对于此，我没有立即下结论，而是带领孩子们继续品读，通过品读再来理解人物吝啬的个性特点，效果还不错。

在“形象我来品”时，我紧紧抓住严监生的招牌动作“两个指头、三次摇头”，留时间让孩子小组交流，品读句子，揣摩心理，体会表达妙处。孩子们深有体会，一个个的，都将严监生的心理剖析得非常到位。还有一个孩子，主动上台表演严监生“两眼睁得滴溜圆”的神态，很形象，也有助于他们更好地理解人物形象。

此时，我顺势追问，严监生如此吝啬，是家里很穷吗？并出示了一则补充资料，更加深了孩子们对严监生吝啬形象的认识与理解。

同时，在品读的过程中，我着重于描写方法的指导。夸张式的动作和神态描写，将人物形象刻画得淋漓尽致、入木三分。从而在“名片我设计”环节，自然而然地引出细节描写的方法，再引导孩子进行仿写。

不得不说，情境引导发挥了很重要的作用。有孩子写《火药桶爸爸》《导弹妈妈》，人物形象鲜明，当堂进行了展示与赏析，并将两篇优秀习作评为了“五星级作品”。

我一直觉得，教学是一门遗憾的艺术。这堂课还有许多值得改进的地方。如，朗读还不到位，我本来预设孩子们在品读揣摩严监生心理的句子时，让孩子们带着失望、焦急、生气乃至绝望的情感读好这些句子，但又怕时间不够，只是草草地通读了一遍，略为重点地指导朗读了第三次摇头的句子，没有更好地落实语文课堂的“读”。

“路漫漫其修远兮，吾将上下而求索。”从备课，到磨课，再到上课，每一次都有新的收获，这是成长的轨迹。

有老师说她很喜欢这堂课，觉得“设计形象名片”这个创意很好；有孩子说他很喜欢这堂课，他想为生活中更多的人设计形象名片。一堂课，引发出这么多想法，很是欣喜！课后，让我们继续设计形象名片吧！

【敢想敢言】

火药桶爸爸

一个双休日，我本想着看会儿电视，放松放松，谁料爸爸不批准，给我立下“先做作业”的规矩。

我悻悻地回到自己的房间，慢吞吞地拿出作业，心思却全然不在作业上，因为我最爱的动画片马上就要开播了。

“轰——”不一阵，外面传来摩托车的响声，我偷偷地跑到窗前一看，哈哈，爸爸妈妈出去了。哎呀呀，我终于可以看电视咯！

我迅速溜进客厅，熟练地打开电视机，我最爱的动画片正在开播。我坐在沙发上，抓起茶几上的零食，跷起二郎腿，一边吃美味的零食，一边津津有味地看起动画片来。

“哈哈！真是有趣！”情节太搞笑，我竟忍不住笑出声来。

不知过了多久，突然，“砰”的一声，猛地，门被推开了。My God！爸爸妈妈回来了。只见爸爸一脚蹬在地板上，双手紧握成拳，脸涨得通红，眉头紧锁，像一个解不开的结。紧接着，爸爸破口大吼：“你怎么又在看电视？作业做完了？”说着，他一把揪起我的衣领，眼睛瞪得像电灯泡一般大，鼻孔喘着粗气，我被吓得全身发颤，脚底发凉，差点尿裤子了。

嘿！真是一个火药桶爸爸。

【创意写绘】

【教育信条】

每时每刻都能用耐心和爱心去发现孩子，欣赏孩子，培养孩子。只有欣赏孩子的现在，才能塑造孩子的未来。

（三）守护

14
守护·初心

【绘本名片】

<table>
<tr>
<td>
</td>
<td>书　名：爸爸的胡子想我吗？
作　者：郝广才（文）
〔意〕多明尼可尼（图）
出版社：新疆青少年出版社</td>
</tr>
</table>

【故事导读】

爸爸出差了，小丽塔很想爸爸，于是拨通了爸爸的电话，开始一连串充满童趣的问答。即使距离上相隔很远很远，但是心却很近很近。那些美好的日常记忆就在眼前，就在爸爸与丽塔的对话里……

【亲子阅读】

“爸爸，你的胡子想我吗？”

“我的胡子怎么想你？”

“你的胡子想扎我的脸。”

“对啊，胡子想扎丽塔的脸，让你的嘴角像月牙。”

“爸爸，你的脸想我吗？”

“我的脸怎么想你呢？”

“你的脸想要我的手摸它。”

“对啊，我的脸想要丽塔的手摸它，像被白云按摩一样。”

“爸爸，你的手想我吗？”

“我的手怎么想你呢？”

“你的手想摸我的头发。”

“对啊，我的手想摸丽塔的头发，像摸蚕丝一样光滑。”

【课例回放】

《爸爸的胡子想我吗？》绘本研读

一、导入

1.今天，老师为同学们带来了一本书，书的扉页这样写道：小饼干想念鱼子酱，银汤匙想念南瓜汤，树影想念月光，月光想念孩子的想象！读到这儿，老师好想念同学们的微笑啊！同学们，你们又在想念什么呢？

2.老师刚开始拿到这本书的时候，对书的名字很是好奇——《爸爸的胡子想我吗？》，爸爸的胡子怎么想我呢？你知道吗？猜一猜。

3.有感情地齐读书名。

二、授课

（一）故事我会讲

1.播放视频

①播放王晨欣同学给妈妈讲绘本故事的视频。

②认真观看，评价：这个绘本故事讲得好吗？好在哪儿？

2.师生交流

师：这个绘本故事的确讲得非常好，还获得了湘潭市三等奖哦！请王晨欣同学说说，故事讲得这么好，有什么法宝吗？

生：……

3.教师归纳讲好绘本故事的方法

板书：仔细观察、联系生活、发挥想象

4.学讲绘本故事

①边观察图画边阅读，读准字音，读通句子，把喜欢的片段多读几遍。

②小组合作，试着讲一讲绘本《爸爸的胡子想我吗？》这个故事中喜欢的片段。

③小组展示。

（二）故事我会编

师：根据绘本上的内容讲好绘本故事，是热爱绘本的第一步，如果能自己创编绘本故事，那才是真的了不起！有没有信心试一试？

1.根据提示创编绘本故事。

要求：

①把故事内容补充完整，书写工整。

②画好插画，画面美观漂亮。

2.小组自定标准，评选优秀作品。

3.优秀作品展示，评价。

（三）故事我会演

请学生上台表演自己创编的绘本故事，可与同学、老师或家长合作表演。

三、小结

1.小结方法：讲好故事并不难。仔细观察悟感情，联系生活勤想象，配上动作更出彩。

2.再读绘本，运用学过的方法把故事讲给家长听，并学讲其他绘本故事。

【乡村手记】

做照亮山里娃的那束光

我的父亲躬耕教育四十年，对学生关爱有加，哪家家境贫困，哪家孩子可怜，他都了如指掌，无论是物质上还是精神上，父亲都给予过许多孩子无私的帮助。父亲是我人生的第一任老师，也是我教育生涯的第一位领路人。我清楚地记得，父亲平时说得最多的一句话就是“凭良心教书，不要误人子弟”。

是的，凭良心教书，不误人子弟，在父亲的引领和“督促”下，我从不敢懈怠。工作已二十多年，辗转于多所乡村学校，当班主任，教语文、英语、思品、地理、历史……即便担任教导主任和校长，我仍然担任班主任，教多门课程。我不敢也不能说，在教育这条路上，我有多大的能耐。正如父亲所说，凭良心教书，尽力做好自己应该做的事情。二十多年里，如果能使出十分的劲，我希望使上十一分，绝不会只使九点九分。有人说，我是一位有情怀的乡村教师，而我知道，我只是想成为一束光，照亮那群山里娃前行的路。

2014年，因工作需要，我来到月山镇栗山学校支教。这是我的母校，是一所偏僻得连导航都找不着的乡村小学，除新增了一栋教学楼外，其他的设施很简陋，一如二十多年前的样子，斑驳的墙壁、坑洼的地板……说实话，之前，我一直没有想过我会在这里扎根。虽然曾经，我在这里求学六年，实习一年，但它始终不是我理想中的学校的样子。但这一待，就是八年。八年里，我担任了两年教导主任，五年校长，八年班主任。这八年里，我也总算是在团队建设、校园文化、学生发展等方面做出了一点小小的成绩。也可以说，八年里，我尽己所能，努力地将学校变成了我喜欢的模样，湘潭市书香校园就是极好的证明。

2016年9月，经过多方筹措，我校创建了漂亮的图书阅览室，那时，我担任教导主任和班主任。为了更好地发挥图书阅览室的作用，以拓宽孩子们的知识面，增长孩子们的见识，我将阅读课排上课程表，到现在已将近六年。六年，足以改变一群孩子的习惯。如今，我很欣喜地看到，在书香里成长的孩子，笑容更甜了，姿态更美了，成绩更优了。印象最深的是三年前我所带的五年级，自开设阅读课以来，孩子们对于阅读到了如痴如醉的地步，甚至，因为阅读，孩子们的各方面都有着很大的进步，瑶瑶同学和敏敏同学就是典型的代表。

瑶瑶是我们班不太起眼的一个，成绩一般，不爱说话。但这个文静的女孩特别爱读书，而且有着一个良好的习惯，就是坚持摘抄，字迹还特别工整。我抓住这一闪光点，经常表扬她，并且激励其他孩子向她学习。很明显地，瑶瑶的坐姿更端正了，摘抄更漂亮了，学习更认真了。那年期中检测，她破天荒拿到了“三好学生”的奖状，领奖台上的她，别提有多开心了，那天，我看到她是举着奖状一蹦一跳回家的，两条小辫子在秋天的阳光里跳着欢快的舞蹈，美丽极了。现在她上初中了，去年6月，她的班主任章丽老师特地将她的作业本带来我们学校给我看，那端正而娟秀的字迹，真称得上是书写“天花板”了。章丽老师还说，特别感谢栗山学校培养了这么优秀的孩子，瑶瑶各方面表现都特别优秀，尤其喜欢阅读，现在担任班长，是老师的得力助手，更是同学们的学习楷模。

敏敏是新转来的孩子，家庭条件不是很宽裕，在温暖的“叮当”怀抱中成长。阅读课是她喜爱的课程之一，对于书籍，她总是爱不释手。她妈妈说，敏敏一回家就跟双胞胎妹妹分享在学校里阅读过的书，还央求妈妈帮妹妹们买书，给妹妹们讲睡前故事。在她们姐妹的卧室里，有一张自制的长长的书桌，桌上整整齐齐地摆放着她们喜爱的课外书。在敏敏的床上，有一个蓝色的纸盒，里面是她睡觉前阅读的书籍。敏敏的妈妈说，以前都不知道该如何培养孩子，自从敏敏转来栗山学校，爱上阅读后，她懂了。现在，在书香浸润下长大的双胞胎妹妹，也格外聪慧可爱。

对于农村偏远小学来说，让孩子们爱上阅读不是一件轻而易举的事情。六年里，经过不断的尝试与摸索，从小篇章到整本书，从绘本到名著，从阅读指导到成果汇演，丰富的内容、多样的形式，阅读渐渐地成为孩子们学习与生活中必不可少的一部分。特别是2021年在湘乡市教育发展中心教研部吴丽主任的帮助下极力争取的小圭璋绘本阅读巡展活动，孩子们的兴致特别高，设计海报、给爸爸妈妈讲绘本故事、创编绘本剧、发挥想象原创绘本……

可以说，绘本阅读为孩子们打开了一扇别样的窗。有三个孩子和家长在湘潭市首届全民阅读绘本节时受邀参加活动。她们说，这是她们第一次登上这么漂亮的舞台，第一次领到这么精致的奖状和奖品。其中就有敏敏的妈妈和双胞胎妹妹。

我不敢说，阅读一定能改变这群山里娃的命运，但我觉得，阅读一定能丰盈孩子们的心灵。也许，多年以后，孩子们并不记得所有的老师，包括我。只愿，他们能记得，曾经，他们也和城里孩子一样，有精美的图书阅览室，有许许多多的书籍，还有那在阅读中浸润的多彩童年。而我，就像那束温暖的光，照亮这群山里娃前行的道路，见证他们的每一次成长与蜕变，如此，已是满满的幸福！

不忘初心，砥砺前行。感谢与我一同守护这群山里娃的老师们，感谢所有支持与帮助我们的各位领导和各界人士！

乡村教育的道路上，能与你们同行，真好！

【心路心语】

乡村的守护者

2020年的春节，我没听到往年的吉祥话：拜年啰，恭喜发财，新年快乐！听得最多的是：在家不要出门，多通风、勤洗手、出来要戴口罩，不要在一起聊天、今年不要走亲戚、不要聚会……很快我就明白了：抗击新冠肺炎这场没有硝烟的战斗打响了。

我每天早上起来就是听爸爸跟妈妈在聊今天的疫情又增加了多少病人，又有多少医生去支持武汉，做最美的逆行者……

这一天，天色阴沉沉的，寒风吹得树枝乱颤，雨点敲打着窗户。我和姐姐们围坐在火炉旁看书。突然，一阵窸窸窣窣的脚步声传来，我想：现在不是要少出门吗，怎么还有人在外窜来窜去？我好奇地往窗口一望，原来是村医张医生撑着伞匆匆忙忙地从门前经过。我跑到妈妈身边问："妈妈，怎么张医生在外面乱逛？"妈妈说："你别乱讲。李伯伯一家在进行居家隔离，张医生刚才帮他们去测量了体温。他每天都要上门为居家隔离的人测量两次体温，询问他们的身体状况并做好详细记录。"

后来连续的十几天里，我几乎天天都见到了张医生匆忙的身影。有时我才刚起床他就已经为李伯伯一家测完体温，登记好情况，在往回赶的路上了。我心想：张医生可真勇敢，自从大家知道李伯伯一家是从武汉回来后，附近的人个个避之不及，心惊胆战，不敢出门，但是他却不怕危险，和他们近距离接触。他也真辛苦，这么冷的天，我们都舒舒服服在家烤火休息，他却要上门为全村居家隔离的人们服务。

我明白了：除了我在电视上看到的那些最美逆行者，还有许许多多的像张医生一样的乡村医生，他们也一样默默奋战在抗击疫情第一线，守护着我们的生命健康与安全。他们就是乡村的最美守护者。

【原创绘本】

【教育信条】

教育是一棵树摇动另一棵树，一朵云推动另一朵云，一个灵魂唤醒另一个灵魂。

15
守护·唤醒

【绘本名片】

	书　名：夜晚的朋友们 作　者：梁　帆（文/图） 出版社：二十一世纪出版社

【故事导读】

当我们沉睡时，这个世界还有另外一片欣欣向荣的景象，那些欢欣的小动物、探头探脑的昆虫、奇妙的大自然组成了我们这个可爱的世界。四岁女孩娇豆儿机缘巧合地走进了奇异的地下世界，进行了一场神奇美妙的夜间旅行……

【亲子阅读】

一个叫作娇豆儿的小姑娘，四岁的她像个小男孩。她最喜欢去邻居漾漾姐姐家听漾漾姐姐给她讲各种各样有趣的故事。一天晚上，娇豆儿进到了漾漾姐姐的宝箱里，在那里发现了一扇发光的门，当她打开那扇门的时候，她进入了一个奇妙的夜晚世界！

在鼹鼠城中，她获得了魔法师的帮助，在黑夜也能看清东西了。于是，她好奇地在鼹鼠城里参观，工地、臭鼬夫人的香水店，遛遛小面馆……实在是太有趣啦！

在告别小鼹鼠之后，她意外遇到了一只可爱的、迷路了的小刺猬。善良的娇豆儿陪着小刺猬，踏上了回家的路。

在果蝠镇，她们受到了果蝠们热情的款待，也在果蝠们的帮助下，找到了飞鼠先生，获得了刺猬村的线索。

可是，前方的猫寨居然有通缉犯？偷鱼的小浣熊——浣老二藏在哪里了呢？

娇豆儿和小刺猬帮助猫寨主抓到偷鱼贼后，顺着小溪回到了刺猬村，小刺猬一家终于团聚啦！

可是，娇豆儿为什么快哭出来了？原来，她也想家了……

这回轮到小刺猬帮她回家啦！

在找到了神秘的蘑菇王国之后，她们得知跟着月亮的指引就能找到回家的路，于是，在神秘的流星湖畔，终于到了分别的时刻。

告别了小刺猬，告别了夜晚，告别了这场奇妙的旅行，娇豆儿登上了小船，缓缓地驶向了家的方向。

当她从床上醒来的时候，不禁开始疑惑，她经历的这所有的一切仅仅是一场梦吗？可这场梦为何那样真实，那样生动？

不！她枕边那呼呼大睡的小星星和猫寨主送给她的徽章记录着那梦中的一切！

【课例回放】

《夜晚的朋友们》绘本研读

一、导入

师：孩子们，我们一起来看一张图片，这张图片来自于哪里？

预设：夜晚的朋友们

师：对啊！近期我们一直在读绘本《夜晚的朋友们》，大家对书里的内容一定非常熟悉了。现在，老师要考考大家。她是谁呢？

生：娇豆儿

师：谁能来介绍一下她？

（生交流）

二、授课

（一）旅行路线会策划

1.师：近来，我们跟着娇豆儿开启了一场神奇的旅行。谁来说一说娇豆儿的旅行路线？（生交流）

2.师：谁能按照地点顺序简要地说一说这趟旅行吗？

（生交流）

师过渡：在阅读绘本的时候，大家也一定都发现了，作者在最后给我们提出了问题：这些夜晚的朋友们都在哪里出现过？现在我们一起玩个小游戏把动物们送回家吧！

趣味分类：送动物们回家

师：这些夜晚的朋友都在哪里出现过？

（二）认识动物有方法

1.小组合作

师：同学们，近来，我们跟随着娇豆儿的脚步，通过这次神奇的旅行认识了不少动物。你们每个小组还选择了本组喜欢的一种动物来进行深入的了解与认识。老师想问问大家，你们是通过什么方法来认识这种动物的？

（生交流）

师：那你们一定对本组喜欢的动物某一个方面的知识非常了解，现在请大家小组合作交流，以思维导图的形式整合信息，更加全面地认识你们喜欢的动物吧。

2.成果展示

各小组轮流上台展示思维导图并简单介绍本组调查了解的动物。

3.互相评价

4.总结方法

师总结并板书：制订计划、调查资料、合作交流、整合信息

师生交流：什么动物是夜行性动物？

板书：夜行性动物

（三）保护环境我能行

1.师：同学们，现在老师有一个小小的疑问：这些夜晚的朋友为什么选择夜间活动呢？谁能来说一说帮老师解答困惑？

（生交流）

2.播放视频：了解动物对人类的恐慌

师：孩子们，近来，科学家们发现越来越多的动物开始了夜行生活，许多原本白天活动的动物也开始变成在夜晚活动，它们为什么会这样呢？看完视频你发现了什么？

（生交流）

3.通过数据与公益广告，了解生物多样性减少的危机

①PPT呈现物种灭绝数据：地球正在经历第六次生物大灭绝，我们一起来看一组数据。全世界每天有75个物种灭绝，每小时有3个物种灭绝，一种植物的灭绝就会引起30种物种的消失，在2050年，地球上将有100万个物种灭绝。

师：动物们惧怕人类，人类已经成为它们最危险的敌人。有些动物原本只适应白昼活动，现在都不得不夜行生活。这是多么触目惊心啊！那我们中国的物种情况又是怎样的呢？我们一起来看一则公益广告，了解一下。

②播放公益广告

师：看完了这则广告，你有什么想说的吗？

（生交流）

③回顾公益广告最后的话（请生读）：世界因多姿多彩的物种而精彩，每

一个物种的消失，都是人类走向孤独的脚步！别让人类成为最孤单的生命！

三、小结

1.师：同学们，阅读绘本《夜晚的朋友们》，我们认识了许多异彩纷呈的真实动物，感受到了娇豆儿纯真的善良，观赏了悦目娱心的美丽图画。通过阅读绘本，我们有了真、善、美的感知，真是收获满满。最后，让我们再一次回顾浙江师范大学动画系副教授在绘本导读中的这两句话。

2.回顾绘本主题

迥异的生理和文化视角本就共存于不同物种和生命之间，虽不可模仿、无法越界，但彼此之间仍需包容与尊重。

万物时刻都在奋力生长，夜晚也如白昼一样散发出不为人知的光华。（请生读）

3.师：作者通过绘本传达给我们：那些不为人知的生命正奋力生长，如同我们人类世界一样鲜活与精彩，我们应当尊重与包容每一个生命！同学们，希望我们每一个人都能和娇豆儿一样尊重生命、保护自然，携起手来共建地球生命共同体！（板书：尊重生命 保护自然）

【乡村手记】

爱，唤醒爱

今天第二节是四年级的语文课。我和孩子们一同学习第五单元的习作，看图说话，要求把一件事说清楚。看第一幅图时，是关于运动会的场景，一个孩子说："一年一度的运动会开始了，小明、小强、小刚站在起跑线上，随着一声枪响，他们奋力地跑了出去，小明一直遥遥领先，突然小强推了小明一把，小明摔倒了，小强获得了第一名。"我竟然不知道如何来评价这个语段，是的，我曾经教他们在写作文的时候要注意跌宕起伏，可是这样的跌宕起伏并不是我愿意看到的……

我沉默了片刻，没有批评他，只是引导孩子们从道德层面来思考，小强推小明一把明显是不道德的行为，一般来说，我们的运动员是不可能会有这样的举动的。我们是不是可以这样来写：“小明一直遥遥领先，这时，小强奋勇地追了上来，眼看就要追上了，突然小强被什么东西绊了一下，摔倒了，小明见了，连忙停下来，把小强扶起来。最后，小刚获得了第一名。”趁机，我对孩子们进行了一次思想教育。

由此我也想到，其实孩子的言行举止，就折射出这个家庭的教育，正所谓“孩子就是家长的一面镜子”。

说那句话的男孩叫轩轩，独生子女，很聪明，也很调皮，时不时地蹦出几句与文明礼貌完全不沾边的话，我也知道，这和他家长平常的教育有很大的关系。他长年与爷爷奶奶一起生活，父母很少管教他，而且奶奶沉迷于麻将，爷爷平日里也挺忙，在家的日子，他总是与电视、手机为伴，性格也变得有些偏激。也许是为了博眼球，引起父母的关注，这学期初，他经常说肚子疼，每次他爷爷带他去诊所，医生都说没有任何异常，每周两次、三次，有时，天天如此。爷爷拿他没辙，不得已，爸爸妈妈带他去医院做全面检查，仍然没有异常。不过，后来也没发生过这样的事情了。

为此，我与轩轩的爸爸妈妈沟通，提醒他们多关注孩子，常回家陪陪他，平时通过电话、微信多与他聊聊天，听听孩子内心的声音，增进亲子感情。我明显地看到，轩轩的脸上不再那么“冷酷”，笑容渐渐地多起来了。

在学校里，我也有意无意地关注他的一举一动，看到他认真地挥动扫帚打扫卫生，我马上表扬他：“轩轩真是个勤劳的好孩子！”课堂上，看到他挺直腰板专心听课，字写得工整，我都会在第一时间表扬他。表扬果然是最廉价而又最有效的方式，轩轩的行为习惯越来越好了。许多次，上完课后服务，轩轩竟然把教室里没有摆放整齐的桌椅摆得整整齐齐才回家。看到他的转变，我打心里感到高兴，也不禁感叹：“什么能更好地改变一个孩子？当然是爱与鼓励！”

孩子的世界最是单纯而可爱，他们要的也并不多，一份爱、一次表扬、一个鼓励的眼神即可。很庆幸，在关键的时候，我用爱唤醒了孩子，用责任挽救了家庭的希望。

【心路心语】

我爱您，老师

瘦小的身材、温暖的笑容……这就是我们可敬可爱的班主任——陈老师。她不仅知识渊博，治学严谨，教给我们知识，而且宽以待人，带领我们成长。

记得去年刚开学的一天早上，我睡过头了，饭也没来得及吃，就匆匆忙忙地奔向学校。晨读铃响了，照例检查作业，老师依次走到每个同学面前挨个检查。老师时而点头，微笑，称赞；时而皱起眉头，拿起红笔在本子上勾着、画着……很快，轮到我了，我打开书包，咦？我的作业本呢？我慌了，里里外外找了个遍，始终不见它的踪影。糟了，肯定是刚才走得太急，忘带了。我急了，翻书包的手一个劲地颤抖。“你的作业呢？”耳边传来了老师的声音。“我……忘……忘带了……”我的心怦怦直跳，不敢直视老师的眼睛。这回惨了！说不定老师怎么批评呢？是罚站，还是被揪耳朵，还是……唉！我那好学生的“一世英名”啊，怕是保不住了……惨啊！惨！……正犯愁，老师温和的声音在耳边响起：“忘带了？没关系，老师相信你。不过，你时刻都要严格要求自己，认真地做好每一件事情。下次不要再丢三落四了，好吗？”我点点头，心里虽愧疚，但更多的是感激。从此，我的耳边总响起老师的叮嘱，凡事不敢丢三落四。

上周四下午，有我最爱的作文课。“叮铃铃……”动听的上课铃声终于响起来了，我毕恭毕敬地坐在座位上等老师来上课。一阵脚步声传来，老师来了，“同学们，今天我们写《童年趣事》，要写出真情实感哦！”哈哈！童年趣事！我最在行了！且瞧我的！我思忖着。不待老师说完，我立马动笔。不一会儿，大功告成。我迅速举起我的得意之作给老师过目，心想，老师这回肯定得对我刮目相看。老师边看边用手轻轻地敲着作文本，“你的立意还不错。但，这一段，太啰嗦了；这一句，你看，这个词，要不要换一个？还有，这里，会不会显得夸大其词？……”天哪！我的“得意之作”！“孩子，不要急躁，好好调整思路，慢慢写，老师相信你能写出更好的文章来！”老师摸摸我的头，轻声对我说。我一愣，怔怔地回到自己的座位。对！不要急，好好思考，慢慢写。我受到鼓舞，调整思路，仔细揣摩，列好提纲，反复修改，重新成文。当我小心翼翼地把我的文章再交给老师时，老师的脸上露出了满意的笑容。此时，快乐萦绕在我的心田，也让我有了我的小梦想。

老师，是您，用爱心和耐心陪伴我们成长，并给我们插上梦想的翅膀。我真想大声呐喊，让全世界都听到我的心声——“我爱您！老师！长大后我也要成为您！”

【原创绘本】

【教育信条】

在每一个孩子最隐蔽的一角，都有一根独特的琴弦，拨动它就发出特有的音响。要使孩子的心与我讲的话产生共鸣，我自己需要与孩子的心弦对准音调。

16 守护·明灯

【绘本名片】

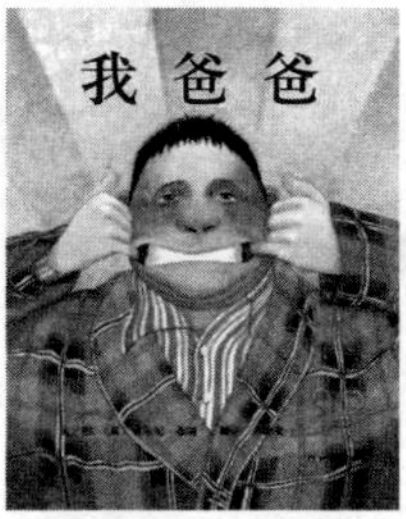	书　名：我爸爸 作　者：〔英〕安东尼·布朗（著） 余治莹（译） 出版社：河北教育出版社

【故事导读】

《我爸爸》用简单朴实的语言和精心设计的排比句式，用孩子的口吻和眼光来描绘一位既勇敢又快乐、既强壮又温柔的爸爸。爸爸不仅样样事事都在行，还温暖得像太阳一样。

【亲子阅读】

这是我爸爸，他真的很棒！

爸爸什么都不怕，叉着腰，就把坏狼给赶跑了。

爸爸可以一跃就飞过了月亮；可以走挂着袜子的晾衣绳索，连云都变成了他的皇冠；可以战胜比他高大许多的大力士；可以在运动会里跑赢那些专业的选手！我爸爸，他真的很棒！

我爸爸吃得像马一样多，游得像鱼一样快，他像大猩猩一样强壮，像河马一样快乐。

他像房子一样高大，有时像柔软的泰迪熊，像猫头鹰一样聪明，有时也会做一些傻事。

我爸爸是个伟大的舞蹈家，就连身后的窗帘，都拼成了他头顶的光环。

我爸爸也是个了不起的歌唱家。全身心投入地歌唱，比帕瓦罗蒂还了不起。哈哈，爸爸他真的很棒！

他踢球技术一流，也常常逗得我哈哈大笑。

我爱爸爸。他也爱我，永远爱我。

【课例回放】

《我爸爸》绘本阅读

一、导入

每年5月份的第二个星期天是母亲节，我们可以为妈妈送上节日的祝福，还可以用诗歌赞美妈妈。比如：“谁言寸草心，报得三春晖”。但这节课咱先不聊妈妈，我们来聊聊爸爸。

二、授课

（一）细节我会找

1.共读绘本，发现细节

师：今天，我们一起来学习安东尼·布朗的一本非常经典的绘本《我爸爸》，让我们一起走进故事中，去看看故事中的爸爸有什么特点。

教师出示第一幅图，请学生谈一谈自己的感受和发现。

教师出示第二幅图和文字“我爸爸什么都不怕，连坏蛋大野狼都不怕”。

预设：爸爸非常勇敢

师：我们在读绘本的时候，一定要想一想故事中爸爸的特点，作家安东尼·布朗的绘本有一个非常大的特点，就是图画中往往藏着很多有趣的细节，因此，读他的绘本，千万不能放过一丝细节。

2.交流发现，共同提升

师：现在请同学们关注故事中反复出现的细节，认真品读，你读出了什么？

预设：和大力士摔跤比赛，场下的观众中藏着看戏的国王；运动会跑步比赛时，其他爸爸的表情都累到不行，而故事中的爸爸头上还出现了像汗珠一样的云朵；猫头鹰的学士帽、黑板上正确无误的数学题，凸显了爸爸的聪明等。

师：同学们真是太厉害了！读绘本就是这样，带着发现的眼睛，带着思考的脑袋，你就会有很多不一样的乐趣。

（二）特点我发现

1.师：刚才我们有了很多的发现，文中的爸爸不仅勇敢、聪明，而且强壮、温柔。故事中也有很多的细节，我们都交流了。其实，故事中的文字也很有特点呢。仔细观察，说说你的发现。

2.教师出示相关句子，请学生朗读：

爸爸吃得像马一样多。

爸爸游得像鱼一样快。

爸爸像大猩猩一样强壮。

爸爸像河马一样快乐。

3.引导学生发现每句话都用了“________像________”，发现这些句子都写出了爸爸的特点。

（三）句子我仿写

1.仿写句子

①师：小朋友们，上课开始时，我们都交流了自己的爸爸。让我们用上魔法词“像”，一起创作吧！

②出示作业纸，让学生写一写，画一画。

2.交流反馈

请学生展示自己的作品，读一读自己的文字，说说想要表达爸爸的什么特点。

三、小结

回忆爸爸关爱自己的画面，引导学生大声说出对自己爸爸的感谢。

【乡村手记】

大山里的明灯

父亲是位好教师。

20世纪80年代起至今，父亲一直担任他最爱的小学数学教学。站在教学第一线，他坚守着，细心呵护着，用自己智慧的头脑和勤劳的双手撑起了一片蓝天。父亲所教班级的数学成绩一直在中心学校名列前茅，大摞的奖状、荣誉证书是他几十年汗水和心血的结晶。他不仅教学生知识，更重视对学生学习兴趣和能力的培养。

曾记得，那年，我师范毕业，在爸的学校里代课。

炎热的夏天里，太阳无情地炙烤着大地。午饭过后，老师和学生们一同开始午睡。

爸习惯性地用冷水洗一把脸，努力地撑开双臂舒展筋骨，然后，坐在办公椅上，挪过刚刚收齐的数学课堂作业本，一题一题，一本一本，仔细地看着、批改着。

也许天气实在太热，爸的额头、鬓角、脸上、手上冒出了很多汗。

但，始终，只听到红笔在作业本上勾画的声音。

爸顾不上为自己擦掉脸上滴落的汗珠。

他神情是那样的专注，除了笔下的作业，好像一切都不存在。

整个午休，只见爸又是写，又是勾。时而神采飞扬，时而眉头紧锁；时而微笑，时而叹息……

我真想，真想为他擦掉额头上的汗滴。但，我不敢。因为，我怕惊扰他，怕惊扰他所沉浸的工作。

终于，午休时间结束了。

孩子们从梦中惊醒，爸也从沉醉的工作中惊醒。

孩子们欢笑着拥出教室，奔向操场。

爸打了个哈欠，伸了伸懒腰，用毛巾抹了一把脸，冲出办公室，高呼着几个名字。

不一会儿，进来了几个孩子。爸笑吟吟地把他们叫到跟前，耐心地讲解着他们作业中做错的题目。

后来，我明白了。爸不畏炎热，不顾休息，是想趁孩子们午睡的时间，及时批改作业，及时反馈，找出学生在课堂上还没掌握、巩固的知识，能让他们及时理解、消化。

后来，我明白了。爸爱数学教学，更爱孩子们，爸爸数学教学成绩突出，来源于对事业的无比热爱，对专业的悉心钻研，对工作的极端负责。他就像一盏明灯，照亮了整个课堂，也照亮了孩子们的心灵！

父亲是位好班主任。

从我记事起到初中毕业，爸一直担任班主任。

他说班级管理是他喜欢的一项工作。

我不止一次问爸："小孩子那么闹，您当班主任烦吗？"

"小孩子天真烂漫，太可爱了！我很喜欢他们啊！怎么会烦呢？"

在没有实施义务教育的年代里，农村总有上不起学的孩子。每到开学那段时间，总有那么几个衣衫褴褛的人，拖着自己的孩子，来到我们家，扯开嘶哑的喉咙诉苦：

"陈老师，我们家孩子多，供不起他上学了，可他偏要上，跟我发脾气呢。您知道的，我哪供得起啊！……您帮我说说他，您帮我劝劝他吧！……要他别上学了！我们家这情况是真上不起学啊！……呜呜呜……”

大人、小孩哭成一片。

“先别急，让我想想办法，学总是要上的，不能把孩子耽误了。”

爸思索片刻，冷静地对他们说：“你们今天先回去。孩子，你明天去学校吧。学费，我来想办法。”

我只知道，第二天，妈辛辛苦苦喂大的那头猪被爸卖了。

我知道，我们家并不宽裕。妈妈没有工作，我们姐弟正上学。父亲以微薄的薪金支撑着一大家子。

不懂事的我见家里卖了猪，兴高采烈地吵嚷着要买这买那，父母却不答应。

不是有钱了吗？那原本答应给我买新裙子的钱呢？我当然不理解，不答应。

“裙子下次一定买。卖猪的钱大部分还账了，没剩下多少，剩下的那点还得帮那小孩交学费。你爸说，你们要上学，别人的孩子也要上学。那孩子上学重要还是你买裙子重要呢？孩子，你要懂事、听话，啊！”妈把我紧紧地抱入怀里。

爸的学生们脸上露出了笑容。而我，日思夜想的新裙子，竟成为一种奢望。

很多次，我在心底里恨他……

一直到我也为人师、为人母时，我才明白：爸不是不爱我，而是他同样也深爱着他的学生们！教师的责任感和使命感让他在公与私、学生与自家孩子之间首先选择了前者。朴实如一棵树、一株禾苗的父亲没有豪言壮语，爱工作一如爱生命，爱学生胜过爱孩子。他就像一盏明灯，温暖了孩子们的心，也照亮了他们前进的路！

父亲是位好校长。

20世纪90年代起，爸爸受领导重托，担任校长。

新官上任三把火。爸爸严整校纪校风，狠整教师队伍，狠抓教育教学。

很多人不理解，认为这么多年就这样过来了，有必要这么整改吗？

爸说：

“既然我已经挑起了管理学校的担子，那就不能辜负领导和家长的期盼。”

“一手抓内部教学管理，一手抓学校建设，一定要改变学校落后面貌，扎扎实实把教育教学质量搞上去。为贫困乡村多培养人才，让更多的山里娃走出去。”

“…………”

他是这样说的，也是这样做的。

上世纪末，学校合并，五个村设一所小学，教学楼破旧，教室不足。爸爸顶着酷暑烈日亲自上房顶整修屋面，又亲自动手将土砖房清理好，粉刷一新，把破旧不堪的老屋改造成为漂亮的教室。

学校里的栏杆坏了，为了保证孩子们的安全，是爸带领同事们在暑假里一根一根修理好的；

学校里的井水污染了，是爸带领同事们一寸一寸地寻找，直到查出污水之源并予以清除的；

学校操场上凹凸不平，是爸带领同事们锄挖肩挑，用一担一担的土填平的；

学校食堂墙壁上的粉刷掉了，是爸带领同事们和好石灰浆，一刷一刷涂上的；

学校教学楼下水道堵了，是爸带领同事们一锄一锄疏通的。

…………

新世纪初，为了拆除危房，改善办学条件，让孩子们有更好的学习环境，爸向上级申请新建教学楼。

同时，爸爸走村串户，大力宣传，以求得乡邻的积极支持。爸爸的办学热忱感动了一位乐善好施的香港老板，他同意捐款改善家乡小学的办学条件。

收到善款通知那天，学校师生奔走相告，我从来都没见爸爸这么开心过！

寒来暑往，一年的时间过去了，一栋三层的新教学楼终于建成了。

剪彩那天，喜庆的锣鼓响彻校园，全校师生热泪盈眶！

从父亲的辛勤付出中，我终于明白：父亲爱他的学校，爱他的事业！学校是他的家，做一个优秀的教育工作者是他毕生的追求。他就像那盏明灯，照亮了校园，照亮了小山村的天空！

【心路心语】

守护自然之美

放学回家的路上，我看到三个男生正在捉弄一只路边的小青蛙。我走过去提醒他们："你们不要捉青蛙玩，青蛙是益虫，我们要保护它，不能伤害它。"他们对我翻了一个白眼，很不耐烦地说："我们就玩一下，没伤害它呀！"我当时很气愤，却又无可奈何，只好气冲冲地跑回家了。第二天早上，我看到了一只小青蛙，它躺在路边一动也不动，身上爬满了蚂蚁……

现在想想，如果当时那三个男生不玩弄小青蛙或者我救下这只小青蛙，那么这只小青蛙到现在是不是已经长成了大青蛙，正在田野里快乐地捉虫呢？可是，我永远也救不回那只小青蛙了。记得《峡谷奇观》一书中以"纵虎归山"为目标的研究员刘昕晨说："科学再发达，也无法恢复哪个已灭绝的物种。"是啊！任何先进的科学技术都不能恢复已经灭绝的动物和消失的自然奇观。现在我们能做的就是保护环境，守护好大自然，让它免遭破坏。况且保护环境也没有那么难，有时候环保行动就是做好我们身边的小事，比如，不玩弄青蛙或者救下那只小青蛙。其实，从身边的每一件小事做起，就是最好的环保行动。

“文明应该包含对自然的保护。”我希望，我们每一个人都能做真正的文明人；我们每一个人都能从身边的小事做起，热爱自然，守护自然之美。

【原创绘本】

【教育信条】

教师的使命在于发现、唤醒、引导。不要把爱当作挂在嘴边的空话，请把师爱的阳光洒向每一个孩子，让生命的阳光照亮教育的每一个角落。

17
守护·温暖

【绘本名片】

	书　名：过生日 作　者：佐佐木洋子（文/图） 蒲蒲兰（译） 出版社：连环画出版社

【故事导读】

小熊过生日啦，它想举办一场生日派对，它准备好了蛋糕、帽子、气球，可是小伙伴们都没有来，原来它忘记邀请小伙伴了……

【亲子阅读】

小熊醒了。

他看了看外面，微微一笑。

“多么美丽的一天，正好是我的生日，我要举办一场派对。首先，我要做一个蛋糕。但是，我一个鸡蛋也没有。”

于是小熊去了小兔子家。

“你好，小兔子。你有鸡蛋吗？我要烤一个蛋糕。”

“我有一些鸡蛋。你做蛋糕干什么呀？”小兔子问。

“今天是我的生日，我要举办一场派对。”小熊说道。

小熊谢过了小兔子，拿过鸡蛋，然后回家了。

“为什么小熊不邀请我去他的生日派对呢？”小兔子想。

小熊回到家后，做起了蛋糕。

“现在我要做一些派对上用的帽子了，但是我一张纸也没有。”

于是小熊去了河狸家。

“你好，河狸。你有纸吗？我想要做几顶帽子。”

“我有一些纸。但是你为什么要做帽子呢？”河狸问。

“今天是我的生日，所以我要举办一场派对。”小熊说。

小熊谢过了河狸，拿着纸，然后回了家。

“小熊为什么不邀请我去参加他的派对呢？”河狸想，“我要去问问小兔子。”

小熊回到家后，做起了帽子。

“这是些不错的帽子。现在，我要吹几个气球。但是我没有气球。”

于是，小熊去了小狐狸的家里。

“你好，小狐狸。你这里有气球吗？”

“我有一些气球。你要气球做什么？”小狐狸问。

“今天是我的生日，我要举办一场派对。”小熊说。

小熊谢过了小狐狸，拿着气球，回了家。

“为什么小熊不邀请我去参加他的生日派对呢？”小狐狸想，“我要去问问小兔子。”

小熊回到家，吹起了气球，把蛋糕和帽子放到桌子上。

“我准备好了。接下来，我要等我的朋友们了。”

小熊等呀等呀，但是没有朋友来。

小熊很伤心。

今天是他的生日，但是他的朋友们去哪儿了？

“我要去找他们。”小熊说。

小熊去了小兔子家，河狸和小狐狸也在那儿。

“我很伤心。我做了蛋糕和派对的帽子，我吹了气球，你们为什么不来参加我的生日派对？”

“我们没有去，是因为你没有邀请我们啊！”小熊的朋友们说。

“哦！我准备了派对，却忘记了邀请我的朋友们一起来。”小熊挠挠头，不好意思地笑了。

“我们现在去吧。”小狐狸说。

他们都去了小熊的家里，举行派对。

“小熊，这真的是一个美好的派对。”他的朋友们说。

“是的。这是一个非常棒的惊喜派对！”小熊说。

【课例回放】

《续写故事》习作指导

一、导入

1.出示《“生日派对我设计”活动启事》

2.明确活动要求

“生日派对我设计”活动启事

为了帮助更多留守儿童过有意义的生日，特开展“生日派对我设计”活动，现面向三年级学生征集生日派对故事稿件。欢迎大家踊跃投稿，优秀稿件的作者可到蛋糕屋免费领取12寸生日蛋糕一个。

稿件要求：

①语句通顺，故事完整。

②大胆想象，合理推测。

③故事新颖有趣。

二、授课

(一)我的生日我来谈

1.播放《生日歌》

2.交流

唱这首歌时，你想到了什么?

(二)他的生日我推测

1.出示书本上的图片

师：从这幅图中，你看到了什么?

2.生交流

预设：下课了，三一班的教室里，同学们正在兴致勃勃地谈论自己的九岁生日是怎么过的。有的说："我上个星期过九岁生日，妈妈给我买了一个很大的生日蛋糕。"还有的说："我也刚刚过了九岁生日，生日那天是我们全家人一起过的。"李晓明也快过生日了，但是爸爸妈妈都在外地工作。

3.师：这时的李晓明，心情如何?你是怎么推测出来的?

4.生交流，师点拨续写故事的方法①：观察图片要细致

5.师：继续观察并推测，李晓明的生日会怎样度过呢?爸爸妈妈都在外地工作，李晓明会是一个人孤独地过生日吗?

6.生交流，师点拨续写故事的方法②：联系生活巧想象

7.如果咱们把这位同学的生日派对设计方案就这样交给蛋糕屋，会不会第一时间被采纳呢?

8.生交流，师点拨续写故事的方法③：故事新颖且有趣

9.师生小结续写故事的方法：观察图片要细致、联系生活巧想象、故事新颖且有趣

(三)他的生日我设计

1.教师出示习作要求和多元评价表。

①习作要求：联系生活，大胆发挥想象，合理进行推测，续写故事。写

好后小声读一遍，用学过的修改符号把有明显错误的地方改过来。

②出示多元评价表

评价标准	自评	他评
故事完整	★	★
大胆想象	★	★
联系生活，推测合理	★	★
故事新颖有趣	★	★
用修改符号进行修改	★	★

2.学生结合多元评价表开始习作，教师行间巡视。

（四）派对故事我来评

1.出示学生续写的生日派对故事。

2.指名学生根据多元评价表进行评价。

三、小结

1.按要求继续续写故事。

2.结合多元评价表，并使用修改符号修改习作。

3.和同学交流习作，说说你更喜欢谁写的故事，推荐其向蛋糕屋投稿。

【乡村手记】

“别怕，有老师在”

时光追溯到2016年9月1日，那是新学期的第一次点名，小翊同学未到。

我第一时间掏出手机，拨号，无法接通。

“走！去他家！”我火速地查地址，导航，深一脚、浅一脚地奔走在崎岖不平的乡间小道。

两间破烂的土砖房，墙壁上开着好几道长长的口子，屋内，没有一件像样的家具。角落里，码几块土砖，铺上木板，便算是床了。开裂的墙壁旁，一张黑黑的木桌子斜立着，似乎向我们诉说着生活的窘迫与无奈……

原来，小翊的父亲是上门女婿，小翊出生后不久，其父远出，至今未归，母亲大受刺激，精神失常，生活不能自理，一家老小全靠年满八十的外公背矿木、打零工勉强解决温饱。

看着眼前这个衣着褴褛、娇小可怜的孩子，我轻叹一声，将他紧紧地抱在怀里："别怕，有老师在！"说着，承诺帮他想办法解决入学费用，并带他回学校报到。之后，我通过微信、网络等呼吁求助，在郭晓燕老师的帮助下，与韶山市华润实验学校取得联系，为小翊同学筹得了学习用品与各季衣物，并在杨小婷老师的牵线帮助下，与叮当网络助学取得联系，为他定期筹措爱心助学款。

在学校里，小翊总是显得"格格不入"，没有人愿意和他说话，没有人陪他玩，课余时间，他总是孤零零地蜷缩在角落里。这一切的一切，我看在眼里，疼在心里。开小灶、下棋、打球、玩游戏；天冷了，为他穿上温暖的羽绒服……渐渐地，小翊的脸上多了些自信，多了些笑容。

2018年3月，月山镇团委发起"一元捐"活动，募捐现场，小翊高举小手，将自己的零花钱郑重地投入募捐箱内，他说："陈老师和许多叔叔阿姨都热心帮助我，我很感动。现在，我也要献出自己的一份爱心，帮助那些像我一样需要帮助的孩子。"他动情地说着，眼睛里闪烁着幸福的光芒。

其实，何止小翊！哥哥脑瘫、需要帮助的精准扶贫对象思云、双云，心地善良、家境贫寒的双胞胎姐妹小婧、小婕，还有，父母离异、需要关心的瀚瀚和辰辰……

我是一名班主任，我习惯用爱去温暖每一个孩子的心灵。"别怕，有老师在！"希望我的爱与坚守能温暖更多的乡村娃。

【心路心语】

男孩是不能哭的

皮卡第一次上幼儿园，哭闹着不肯去，在爸爸妈妈的强行“押送”下，皮卡像杀猪一样叫喊起来……杜夏老师笑盈盈地走过来，用双手轻轻擦去皮卡脸上的泪水，说：“男孩是不能哭的。”

是啊！男孩是不能哭的。可是，读到这句话时，泪水竟模糊了我的双眼……

有一位老师，也对我说过同样的话：“男孩是不能哭的。”

我是一个贫苦孩子，从小没有爸爸，整日疯癫的妈妈生活不能自理，我只能和年满八十的外公相依为命。那时，我上三年级。新学期开学的第一天，我没有去学校报到，因为外公说，我渐渐长大了，可以帮他背矿木挣点生活费了。尽管，我多么想念我的教室和课桌，想念学校操场上的那棵樱桃树，想念阅览室里花花绿绿的图书。可是，可是，我又能怎样呢？

我偷偷地躲在裂开长长口子的土砖房的一个黑黑的角落里，任凭外公如何呼唤，我始终都不肯吭声。我悄悄地哭着，两只手使劲地揪着皱皱的衣角，我怕，我怕我的哭声招来佝偻的外公，我强忍着，强忍着，不敢发出一点声音……

“翊伢子，你这个鬼崽子，快出来哩，陈老师来了！”我终像是盼到了救星，又不敢相信，偷偷地探出头，远远地，迎上了陈老师的目光。陈老师笑容满面地朝我招手，格外地亲切。我慢吞吞地走上前去，不敢抬头，眼泪竟不由自主地夺眶而出，我嚎啕大哭起来，身体不自觉地往下沉、往下沉……

陈老师蹲下身，递给我一方纸巾，轻轻地摸了摸我的头，说：“男孩是不能哭的。快！擦干眼泪！站起来！跟我回去！上学！”我被陈老师的声音震住了，一时间，我止住哭泣，站起身，跟在陈老师的身后……在学校里，没有人愿意和我说话，没有人陪我玩，课余时间，我眼巴巴地望着同学们在操场上撒欢、游戏……我孤零零地蜷缩在角落里，悄悄地掉眼泪。这一切的一切，被陈老师看到了，她亲切而又严肃地说：“男孩是不能哭的，你应该坚强、阳光地面对生活。老师会帮你的！”之后，每天大课间活动时，陈老师陪我下棋、打球、玩游戏，渐渐地，同学们也愿意和我亲近了。

那年的冬天，特别地冷，陈老师还特意去镇上为我买温暖的羽绒服，这是我人生中的第一件羽绒服，是我喜欢的蓝色，上面还印着我喜欢的恐龙图案。穿上羽绒服的那一刹那，我再也控制不住我的眼泪……“男孩是不能哭的，下不为例哦！”耳边，又响起了陈老师温暖而慈爱的声音。我擦干眼泪，对着陈老师，憨憨地笑着……

是的，男孩是不能哭的。我一定不断努力，勇往前行……

【原创绘本】

【教育信条】

教育的路上，请让我们放慢脚步，让孩子们细细地欣赏。他们不仅需要丰富的知识，更需要阳光、空气、风雨以及美丽的春天，切莫缩短他们的起跑线。

18
守护·梦想

【绘本名片】

书　名：卖火柴的小女孩
作　者：〔丹麦〕安徒生
出版社：长春出版社

【故事导读】

圣诞夜，小女孩孤苦伶仃地在大街上卖火柴。可是，她没有卖掉一根火柴，她也一天没有吃东西，她又冷又饿。她擦亮了第一根火柴，看见了温暖的火炉；她擦亮了第二根火柴，看见了喷香的烤鹅；她擦亮了第三根、第四根……最后，她看到了久违的奶奶，她想让奶奶留在自己身边，擦亮了一整把火柴。然而当火柴熄灭的时候，这所有的一切都不见了，小女孩就这样在圣诞之夜悲惨地死去。

【亲子阅读】

天冷极了，下着雪。

过往的行人脸上洋溢着笑容，他们胸前怀抱着礼物，因为明天就是圣诞节了。

此时，只有一个孤苦伶仃的小女孩，在大街上卖火柴。小女孩穿着破旧的衣服，赤着脚，其中一只鞋在躲避马车的时候跑掉了，而另一只也被一个淘气的男孩抢走了。

“卖火柴啦！卖火柴啦！”小女孩微弱的叫卖声被湮没在鹅毛大雪中，根本听不清楚。小女孩又冷又饿，一下子跌坐在雪地上。

“卖火柴啦！请您买盒火柴吧！”可是任凭她怎么叫卖，还是没人理会小女孩。这一整天，她一盒火柴也没有卖出去。

“怎么办！没卖出火柴的话，爸爸又会打我了。”小女孩一边想，一边哆哆嗦嗦地走着。

这时，小女孩看到每家的窗户透出的灯光，不由自主地停下了脚步。小女孩走到一户人家的窗下，悄悄地向里望去。她看到，全家人正围坐在火炉旁共进晚餐。

“哎，如果妈妈还活着，那该多好啊……”小女孩眼里含着泪水，羡慕地看着屋里的孩子。

雪，越下越大。小女孩感到越来越冷，她实在走不动了……

她擦了一根火柴，小女孩觉得自己好像坐在一个大火炉前面，火炉装着闪亮的铜脚和铜把手，烧得旺旺的，暖烘烘的，可是火柴很快就熄灭了。

她又擦了一根。她看到屋里桌上摆着精致的盘子和碗，肚子里填满了苹果和梅子的烤鹅正冒着香气。更妙的是这只鹅从盘子里跳下来，一直向这个穷苦的小女孩走来。这时，火柴又灭了。

小女孩擦了一次又一次，火柴还是灭了。最后一次的时候，她看到奶奶出现在亮光里，是那么温和，那么慈爱。

“奶奶！”小女孩叫起来，“啊！请把我带走吧！我知道，火柴一灭，您就会不见的，像那暖和的火炉，喷香的烤鹅，美丽的圣诞树一样，就会不见的！”

她赶紧擦着了一大把火柴，要把奶奶留住。奶奶从来没有像现在这样高大、这样美丽。奶奶把小女孩抱起来，搂在怀里。

她俩在光明和快乐中飞走了，越飞越高，飞到那没有寒冷，没有饥饿，也没有痛苦的地方去了。

第二天清晨，这个小女孩坐在墙角里，嘴上带着微笑。她死了，在旧年的大年夜冻死了。新年的太阳升起来了，照在她小小的尸体上。小女孩坐在那儿，手里还捏着一把烧过了的火柴梗。

【课例回放】

《卖火柴的小女孩》绘本研读

一、导入

1.看图片，你们读过这些故事吗？猜一猜是什么故事？

2.学生看图猜故事。

3.师：这些故事，我们叫它“童话”，童话是儿童文学的一种体裁，通过丰富的想象、幻想和夸张来编写适合于儿童欣赏的故事。童话常采用拟人的手法，赋予鸟兽虫鱼花草树木等生命，使其拥有人的思想感情。

4.明确童话特点：语言生动、情节离奇曲折、想象丰富。

5.师：这些童话都是著名童话家安徒生的代表作。今天我们学习的绘本故事《卖火柴的小女孩》就是他的代表作之一。

二、授课

（一）故事我来读

1.初读感知

①简介作者

安徒生，世界著名童话作家，被尊称为“现代童话之父”。他出生于丹麦。因家境贫寒，幼年未进过正规学校，但他刻苦学习，终于成了一名作家。安徒生立足于现实生活，运用浪漫主义的手法，创作了168篇童话故事。

②观察图片

说一说：你看到了什么？有什么疑问？

2.再读感悟

①故事发生在什么时候？这是一个怎样的女孩？

②你从哪些地方读出了她的可怜？

③学生反馈，交流小女孩的可怜之处，相机追问。

出示图片和句子：小女孩只好赤着脚走，一双小脚冻得红一块青一块的。她的旧围裙里兜着许多火柴，手里还拿着一把。这一整天，谁也没买过她一根火柴，谁也没给过她一个硬币。

师：你从这段读出了什么？如果你看到身边有这样的一个女孩，你会怎么做？故事里的人们又是怎样的？（人情冷漠）

出示图片和句子：她在一座房子的墙角里坐下来，蜷着腿缩成一团，她觉得更冷了。她不敢回家，因为她没卖掉一根火柴，没挣到一个钱，爸爸一定会打她的。再说，家里跟街上一样冷。

师：你从这句话又读出了什么？

多么可怜的孩子啊！在万家灯火、阖家团圆的圣诞节前夜，她却光着脚在寒冷的大街上卖火柴，有家不能回。

3.对比阅读

①对比阅读第一次擦燃火柴后的“幻想”与“现实”。

小女孩觉得自己好像坐在一个大火炉前面，火炉装着闪亮的铜脚和铜把手，烧得旺旺的，暖烘烘的，多么舒服啊！

她刚把脚伸出去，想让脚也暖和一下，火柴灭了，火炉不见了。她坐在那儿，手里只有一根烧过了的火柴梗。

②体会“幻想”与“现实”的反差，引导学生有感情地读出“温暖”与

“寒冷”的不同感受。

③如果你是小女孩，你此刻除了想要暖和一点，还想要些什么呢？

预设：快乐、礼物、美食、陪伴。

（二）情感我来品

1.小女孩见到你们说的这些了吗？小女孩共擦燃了几次火柴？每次都看到了什么？在幻觉中得到了什么？结果怎样？

2.这个童话的哪些场景给你留下了深刻的印象？说说你的感受。

预设：①亮光落在墙上，那儿忽然变得像薄纱那么透明……更妙的是，这只烤鹅从盘子里跳下来，背上插着刀和叉，蹒跚地在地板上走着，一直向这个穷苦的小女孩走来。

②这一回，她坐在美丽的圣诞树下，这棵圣诞树，比她去年圣诞节透过富商家的玻璃门看到的还要大，还要美……在向她眨眼。

引导学生体会童话想象丰富的特点。

③“奶奶！”小女孩叫起来，“啊！请把我带走吧！我知道，火柴一灭，您就会不见的，像那暖和的火炉，喷香的烤鹅，美丽的圣诞树一样，就会不见的！”

引导学生体会：小女孩的现实生活中，没有人疼爱，因为唯一疼她的奶奶早已去世了，现在在火柴的亮光中，她看到了亲爱的奶奶，她的心情如何？体会感叹号的作用，她会用什么样的语气来央求奶奶把她带走呢？

（分男女生试着读出急切、激动、难过的语气。读出小女孩此时的心情，感受小女孩命运的悲惨。）

师：小女孩几次擦燃火柴表现有什么不同？你能理解吗？最后为什么要擦一大把火柴？

师：是啊！她迫切地想留住奶奶，想让奶奶带她离开这个地方。

3.奶奶把小女孩抱起来，搂在怀里。她们俩在光明和快乐中飞走了，越飞越高，飞到那没有寒冷，没有饥饿，也没有痛苦的地方去了。

问：文中说的“没有寒冷，没有饥饿，也没有痛苦的地方”存在吗？这句话是什么意思？（小女孩离开了世界，在美妙的幻觉中死去了，这也是作者在为小女孩的悲惨遭遇鸣不平。）

4.师：小女孩死了，在又黑又冷的圣诞前夜里冻死了，她的生命犹如一颗流星一闪而过，她的灵魂永远带走了她美好的愿望。（播放小女孩冻死街头的图片）

5.大屏幕出示句子：“谁也不知道，她曾经多么幸福，跟着她奶奶一起走到新年的幸福中去。”

师：句中两个“幸福”是什么意思？

学生讨论后明确：第一个“幸福”是说小女孩临死前是在各种美好的幻觉中度过的，是幸福的。第二个“幸福”是说小女孩死了就没有寒冷、饥饿和痛苦，就彻底地幸福了。

（三）故事我来编

1.可怜的小女孩，在圣诞前夜冻死了，脸上却还带着微笑，她曾经那么幸福地幻想过，却又这样悲惨地死在街角，一个如此可爱鲜活的生命，却只有死亡才能摆脱痛苦，换来所谓的“幸福”。你现在的心情怎么样？

当年安徒生写下这篇童话时，心中更是充满了对小女孩这样的穷苦人民的深切同情，对当时社会人与人之间的冷漠无情的强烈不满。好在，我们的生活充满了阳光，充满了快乐。身处幸福中的我们是不是也盼望着卖火柴的小女孩能像我们一样幸福呀？

2.学生自由交流汇报。

3.引导孩子大胆想象：如果这个卖火柴的小女孩没有死，她的生活会怎么样？

4.师：卖火柴的小女孩就这样离开了，她无数次地幻想，我们却唾手可得，如果她生活在我们的身边，她一定有着不一样的结局，她一定能找到真正的幸福，希望我们每个孩子都能好好珍惜自己现在的生活，希望我们这个世界不再有冷漠，小女孩的悲剧不再重演。

三、小结

1. 把这个绘本故事讲给爸爸妈妈或者小伙伴听。

2. 大胆想象，试着给这个故事写一个不一样的结局。

【乡村手记】

青春，因梦想而美丽

“我志愿加入中国共青团……”

国旗台前，八十名新团员高举右手，庄严宣誓……

看着他们闪亮的眸子，满脸的自豪，听着他们激动的宣誓声，我不禁想起十四年前的自己。

那天，清风徐徐，阳光明媚，学校礼堂的主席台上，我和其他新团员们怀着无比激动的心情高喊着“我志愿加入中国共青团……”共同憧憬着美好的未来。

宣誓完毕，班主任老师问我：“现在你是一名团员了，你打算长大后用什么来报答伟大的祖国？”

“我要像爸爸一样，成为一名受人爱戴的人民教师。”

老师轻轻地抚摸着我的头，温柔地拍拍我的肩，甜甜地笑了。

从此，成为一名平凡而伟大的人民教师是我最大的梦想。这梦想源于我的父亲——乡村小学的一名普通的教师。

小时候，在我的眼里，父亲是一个不爱我的“坏爸爸”。

多少个下雨天，爸爸把外婆送我的漂亮雨衣借给那个忘带雨具的女孩，硬塞给我一把我最讨厌的黑布伞；多少次午餐时，爸爸把我最爱吃的西红柿炒鸡蛋分一半给那个没带菜的男孩；那次，爸爸将妈妈准备给我买新裙子的钱帮一个毫不相干的孩子交了学费……

可就是这个我恨着的“坏爸爸”，却是别人眼里的“神话”。

“陈老师说我进步了，表扬我了呢！”

“陈老师对我可真好！”

“老师，真的很感谢您多年来对我的关心和鼓励！”

“我儿子可多亏了陈老师！”

…………

孩子们和家长们对爸爸有太多太多赞美与感激。可谁知道，这一切的一切，饱含着爸爸对孩子们多少的爱与付出啊！

我也疑惑地问过爸爸：“您这样付出，到底为了什么？值得吗？”

爸爸深情地说：“因为我爱孩子们，我爱教育事业。”

接着，爸爸跟我聊到他最爱的班主任老师——他就读师范时的师异纯老师。

爸爸说，那时候，因为家里穷，没啥钱吃饭，师老师总是给他开小灶，及时给他补充能量；因为是男孩子，很调皮，可师老师总是很耐心地教导他，从不生气。

爸爸说，虽然这么多年过去了，师老师也早已退休安度晚年，平时跟老师也联系不多，但老师对他的关爱仍历历在目，老师的谆谆教诲足以让他感激一辈子。

爸爸说，自己唯一能回报老师的，就是将自己全部的心血献给教育事业，把自己所有的爱献给大山里的这群孩子。

是啊，爸爸做到了！他义务帮孩子们补习功课，帮家庭贫困的孩子垫付学费，到处筹款新建教学楼，即使腰椎间盘突出，疼痛难忍也不肯落下一节课……

爸爸，您知道吗？看着您一瘸一拐地去给学生上课，我们的心里有多难受！

您可见到了妈妈眼里噙着的泪花啊？

爸爸，您能否把对别人的爱匀一点点出来？哪怕是那么一丁点儿。——

把它留给自己，好吗？

可这一切的一切，都只是因为爸爸那执着的梦想啊！

爸爸，您太伟大了！

如今，您的女儿正沿着您的脚印不断探索，不断追求，不断创新，想成为一名像您一样优秀的教师……

“……勤奋学习，积极工作，吃苦在前，享受在后，为共产主义事业而奋斗！”

响亮的声音传入耳际，我从思绪中“醒”了过来。

多么振奋人心的誓言！

在雄浑的进行曲中，我抬头仰望着国旗，默默地发誓：我一定要像爸爸一样，成为一名出色的、受欢迎的好老师！

如今，青春已离爸爸远去，而我正当青春年华，我相信，我的青春会因梦想而美丽！

【心路心语】

我和爷爷的约定

秋天到了，窗外，凉风习习，我隔窗都感受到了它的凉意。搓搓双手，我缓缓地翻起桌上的书，哦，《河边的银杏树》，我被书名吸引，小心翼翼地拿起书，翻开目录，“河边的银杏树”映入眼帘，38页，我快速地翻到第38页，认真地读了起来。

读着读着，我的思绪回到了去年的秋天……

那是一个晴朗的日子，爷爷带我去湘乡姑姑家玩，在河堤上散步的时候，许许多多黄色的叶子迎风飘扬，这一片一片叶子金黄金黄的，像一把把小扇子，美丽极了！

“爷爷，爷爷，您看这叶子好美啊！”我从地上捡起一把把“小扇子”，追着爷爷说。

“是啊！好漂亮啊！”

“爷爷，我想把这些‘小扇子’带回家。”

“好！带回家！”说着，爷爷蹲下身子，从路旁捡起许多“小扇子”放进我的背包里。

“你知道这是什么叶子吗？”爷爷一边捡着，一边侧过脸看着我。

“这是什么叶子呀？”我眨巴着眼睛，好奇地问道。

“小傻瓜，这是银杏叶子。在金石还有一棵古银杏树，有好几千年的历史了，想不想去看看？”爷爷用手指轻轻地刮了刮我的鼻子，满脸笑意地说。

“好啊好啊！”

“那你用这些叶子做个礼物送给我，爷爷明年就带你去。”

我乖乖地点点头。

回家后，我按照学校老师教我们做树叶画的方法，先把这些银杏树叶摆好造型，再用胶水固定好，画上眼睛，两条栩栩如生的鱼儿便跃然其上，然后，我用彩色的笔在上面写道：“祝爷爷身体健康！别忘了明年带我去看古银杏树哦！”最后还不忘画上一个大大的鬼脸。

爷爷托人把这幅画裱好，挂在客厅里，每次有客人来，爷爷都说：“这是俺孙女送我的画，用银杏叶做的，可漂亮啦！”

关上书本，抬起头，客厅里，一片片银杏叶拼成的鱼儿栩栩如生，旁边的彩色字清晰可见：“祝爷爷身体健康！别忘了明年带我去看古银杏树哦！”

爷爷，别忘了我们的约定哦！待天晴，我们就去看古银杏树，可好？

【原创绘本】

【教育信条】

教育是事业，事业的成功在于奉献；教育是科学，科学的探索在于求真；教育是艺术，艺术的生命在于创新。

19
守护·责任

【绘本名片】

	书　名：胡萝卜先生的胡子 作　者：王一梅（文） 　　　　汪　芳（图） 出版社：华东师范大学出版社

【故事导读】

胡萝卜先生有着浓密的胡子，很长很长。有一天，他不小心漏刮了一根胡子，而这根胡子沾到了果酱后开始不断变长，变得越来越长。他的胡子可以用来干什么呢，又能帮助到谁呢？

【亲子阅读】

胡萝卜先生长着一把浓密的胡子，每天早晨他都要精心地梳理他的胡子。

有一天，胡萝卜先生起晚了，连早饭都没吃，拿着一片果酱面包出门了。

胡萝卜先生吃面包的时候，胡子沾到一块果酱，胡子说："这是什么呀，这么甜？"说完，胡子"呼"的一声长得老长了。

胡萝卜先生一步一步朝前走，长胡子被风吹到了身体后面。

一个小女孩站在街口放风筝，因为风筝的线太短，她的风筝怎么也飞不过屋顶。

当胡萝卜先生路过的时候，小女孩看见了风里飘动着的长胡子，高兴地说：“我可以用它来做放风筝的长线吗？”

女孩剪了一段胡萝卜先生的长胡子用来放风筝，风筝一下子就越过了屋顶。

胡萝卜先生继续往前走。当他走过鸟太太的树下，鸟太太正为找不到绳子晾宝宝的尿布而发愁呢！

当鸟太太看见胡萝卜先生风里飘动的长胡子，高兴地说：“我可以用它来晾宝宝的尿布呀！”

鸟太太剪了一段胡萝卜先生的胡子，系在两根树枝的中间，晾起了一长串鸟宝宝的尿布。

鼹鼠老师带着学生过马路，他们一个挨着一个，但不是前面的撞了后面的，就是后面的踩了前面的。

鼹鼠老师看见胡萝卜先生的长胡子，突然有了好主意。

她剪下一段胡萝卜先生的长胡子，让每个小鼹鼠都拉住这段长胡子，自己牵着长胡子走在最前面，这样小鼹鼠顺利地过了马路。

鸭子先生对掉落在地上的书正发愁时，看见了胡萝卜先生的长胡子，他说：“这下我总算找到捆书的绳子了。”

鸭子先生剪下一段胡萝卜先生的长胡子，把书捆成两包，然后，拎着书一摇一摆地走了。

当胡萝卜先生想为自己配一副近视眼镜，就走进白菜小姐开的眼镜店。

配完眼镜，白菜小姐说：“如果你用长胡子做绳子，把眼镜系住，就不怕找不到眼镜了。”

白菜小姐说这些话的时候，用一根长胡子系住了眼镜。

当胡萝卜先生的眼镜不小心从鼻梁上滑落的时候，他的胡子系住了眼镜。

胡萝卜先生说：“我的胡子真是太棒了。”

【课例回放】

《胡萝卜先生的胡子》绘本研读

一、导入

1.回忆预测方法：请大家回忆一下，我们学过哪些预测方法呢？

生：文章题目、插图、联系上下文、联系生活经验

2根据课题预测：看到这个题目，你们猜猜故事会写些什么呢？

生1：胡萝卜先生长得很像胡萝卜，也最爱吃胡萝卜。

生2：胡萝卜先生的胡子长什么样？到底有多长？

生3：胡萝卜先生的胡子会发生什么有趣的故事？

师：真是这样的吗？让我们一起走入故事吧。

二、授课

（一）品读故事学预测

1.出示：胡萝卜先生常常为胡子发愁，因为他长着浓密的胡子，必须每天刮。

师：胡萝卜先生为什么发愁呢？

生：因为他长着浓密的胡子。

师："浓密"到什么程度？

生：必须每天刮。

师：假如有一天没有刮，会给他带来哪些麻烦？

生1：胡子长得满脸都是，都看不见他的脸了，可能连他的家人都认不出来。

生2：吃饭的时候，胡子都掉到碗里去了。

生3：天气太炎热，胡子上会长虱子，虱子还有可能会爬到头发上去。

师：难怪胡萝卜先生这么发愁，快感同身受地读一读吧。

（二）结合插图会预测

1.出示胡萝卜先生的插图：有一天，胡萝卜先生匆匆忙忙刮了胡子，就吃着果酱面包上街去了。仔细看插图，你发现了什么？

生：胡萝卜先生漏刮了一根胡子。

师：胡萝卜先生自己知道吗？

生：他不但不知道，还在吃面包的时候，把果酱沾到了胡子上面。

2.出示：对一根胡子来说，果酱是多么好的营养品啊！

师：胡子沾上这么好的营养品后，会发生什么变化呢？

生1：胡子会越来越浓密，每天刮都不行，必须半天刮一次。

生2：胡子会慢慢变长、变粗。

3.出示：于是，胡萝卜先生一步一步走的时候，这根胡子就在一点儿一点儿地变长。只要看看胡萝卜先生走了多长的路，就可以知道他的这根胡子已经长了多长了。

4.想象画面，练习说话，感受胡萝卜先生胡子的长。

师：胡萝卜先生从新桥转盘走到先锋学校，这根胡子就长了这条街道这么长。胡萝卜先生还会去哪儿呢？

生1：胡萝卜先生从学校校门口走到教学楼，这根胡子就长了操场这么长。

生2：胡萝卜先生从教学楼走到食堂，再到宿舍楼，这根胡子就长了这么长。

（三）自主学习巧预测

1.出示句子：胡萝卜先生还在继续走，长胡子被风吹到了身体后面，他完全不知道。他的长胡子又会发生什么有趣的故事呢？默读故事，完成学习单。

走到哪里	遇到谁	有什么困难

2.胡萝卜先生的胡子刚好在风里飘动着，小男孩会怎么想，又会怎么

做？生自由预测，填写学习单。

在很远的街口，有个小男孩正在放风筝，线太短	小男孩怎么想	怎么做
预测内容		
原文故事		

3.验证猜想。你们猜想的和书中写的一样吗？有什么不一样呢？

4.胡萝卜先生继续向前走，这一次走到哪里？遇到谁？有什么困难？

走到哪里	遇到谁	有什么困难

5.遇到困难的鸟太太是怎么想的，又会怎么做呢？请你把省略号的内容补充完整，并说说你预测的理由。

生1：“这根绳子够长了，就是不知道牢不牢固。”鸟太太说完就扯了扯胡子，确定足够牢固，就剪了一段用来晾小鸟的尿布。我预测的依据是故事中写到“鸟太太正在找绳子晾小鸟的尿布”，胡萝卜先生的胡子又足够长。

生2：“这根绳子够粗够牢固，刚好给我晾宝宝的尿布。”于是，鸟太太剪了一段，系在两根树杈的中间。我预测的依据是插图上画了鸟太太正在洗尿布，旁边还有一棵树。

师：能从文字和图画中找到关键线索，并对故事进行预测，真不错。

6.出示文字：于是，鸟太太剪了长长的一段胡子，系在两根树枝的中间，“这下好了，我总算找到一根够长的绳子了。”

师：王一梅阿姨的原文是这样的。和你预测的相同吗？

7.延伸故事，及时修正

①当胡萝卜先生继续往前走，还会发生什么意想不到的故事呢？大胆想象，小组交流，跟小组成员说说你的猜测。

②读绘本原文。

③当我们的预测内容与原文不一致的时候怎么办?

出示课后学习小伙伴说的话，读一读。

8.师：一个故事的发展有很多种可能，我们在猜想和推测的时候要注意文本中的细节，结合生活实际展开推测。

9.有趣的故事还有很多很多，读读下面这些文章或书的题目，猜猜故事里面可能写了什么。

《躲猫猫大王》《夏洛的网》《帽子的秘密》

《柔软的阳光》《团圆》《小灵通漫游未来》

①学以致用，大胆猜测。

②教师点拨，合理评价。

三、小结

1.把这个有趣的绘本故事讲给家人听。

2.选择以上的其中一本书目读一读，学会边读边预测故事情节。

【乡村手记】

做自己的“狮子王”

“荣耀王国”的国王狮子木法沙迎来了儿子辛巴的诞生，它努力想把辛巴培养成接班人，却不觉弟弟刀疤暗中觊觎国王的宝座。刀疤设计害死了木法沙，还让小辛巴以为是自己导致父亲意外身亡，逼迫它远走他乡。深感内疚的辛巴在对前途深感绝望之际，偶遇了小伙伴狐獴丁满和疣猪彭彭。它们告诉它要学会抛弃过去，及时行乐。然而，成年后的辛巴与青梅竹马的母狮娜娜重逢后，再一次认识到自己背负的责任。经过一番挣扎后，它决定重返家乡，坦然面对过去，夺回国王之位。

下午一点半，我们全体师生兴致勃勃地观看了此影片——《狮子王》。

之所以如此有兴致，一则是和孩子们一起观看，农村的孩子，大多是留守儿童，隔代教育使得许多孩子爱上了手机和电视，这样一块儿看电影的机会不多，我特地约了放映电影的李师傅，想给孩子们一种不同的体验，二则我是狮子座，早早地被影片的名字所吸引。

虽为动画片，但我却被影片中的人物形象圈粉。整片看下来，有笑点，有泪点，更多的，是感悟……

首先，我感悟到了亲情的伟大。木法沙是天下无敌的狮子王，它仁爱无私、顾全大局、英勇无畏，本国的臣民服从它，邻国的鬣狗惧怕它。然而，当它的儿子辛巴在刀疤的挑唆下误入险境时，它害怕、恐惧，它说："儿子，我从不畏惧，但是，这一刻，我真的怕了，因为我害怕失去你。"此刻，我潸然泪下……我想，亲情之所以伟大，就在于其付出从不求回报。木法沙做到了，它虽贵为"荣耀王国"的国王，但它也和普通大众一样，是一位父亲，伟大的父亲，了不起的父亲！

第二，我感受到了友谊的可贵。木法沙被陷遇难后，辛巴在万难之下终于逃过一劫，他无脸重回自己的家园。它悲痛、自责、绝望，晕倒途中，被好心的丁满和彭彭救活，并从心灵上得到慰藉。在丁满和彭彭两位挚友的帮助下，辛巴彻底改变了自己，它吃食飞蚁蚊虫，喜欢自由自在的生活，它甚至忘掉了过往的血腥、曾经的梦想，爱上了那片本不属于它的土地。与它青梅竹马的娜娜终于摆脱刀疤的魔爪求助于它，它几经挣扎终于醒悟，决定回去守护自己的家园，它的好友丁满、彭彭不顾及自身安危，毅然决然地支持它、帮助它，直到夺回王位。我想，真正的朋友从来都不抛弃，不放弃，它们就是极好的典范。

第三，我感悟到了责任的重大。木法沙为了更加长久地守护"荣耀王国"，它与臣子们约法三章，按规矩办事，即使饿肚子也不计划外捕捉猎物，以维持生态平衡。辛巴从小志向高远，虽然身世坎坷，它绝望过，退缩过，但是，责任驱使它放弃安逸的生活，必须去勇敢战斗，拯救生灵，守护自己的家园。在残忍的刀疤面前，它不畏惧，不退缩，它用正义、机智、勇敢战胜了刀疤，夺回了属于自己的一切。它用心守护着那“阳光照耀的地方”，荣耀王国的臣民过着幸福和谐的生活。我想，无论木法沙，还是辛巴，它们都是有责任、有担当的，它们是真正的狮子王。

看过影片，思绪万千……大千世界，正如影片的那一幕幕，正义与邪恶、美好与丑陋显露无遗。但我相信，只要我们心存善念，心怀梦想，执着追求，我们的世界一定阳光普照、五彩斑斓。

期待咱们农村偏远小学的孩子也能树立理想信念，勇敢追逐，早日实现自己的梦想，成为自己的“狮子王”。

【心路心语】

我是虎王我怕谁

我属虎，2022年可是我的本命年。妈妈帮我准备了红袜子，奶奶为我缝了红红的“福”包，外婆则给我封了一个大大的红包，哈哈！爸爸说有这些“法宝”护体，本命年不用愁。俺虎王可不愁本命年，不是有言道“我是虎王我怕谁”吗？何况还有这些“法宝”护体呢！哈哈哈！

俺是虎王，从小，奶奶就说俺只额头上差个“王”字了，可见，俺的威慑力有多大！作为虎王，自然对“虎”感兴趣啦！譬如刚刚到来的“虎”年，再譬如《虎王归来》。咦！《虎王归来》？是啥东西？一口气，从前言到后记，一口气读完，佟山山，好你个佟山山，不仅欺负俺虎类，还霸占名贵树木，整个一土匪啊，这还了得？俺虎王可得好好灭灭你的威风！这可不是大话，习近平爷爷都说“绿水青山就是金山银山”，老师也常教导我们要保护生态环境，你个佟山山倒好，硬生生地违背生态规律，今儿个，俺虎王可得好好教教你！

佟山山，听好了！从今天起，不得违法抓捕动物，野鸡也不行。前些日子，老师教我们读绘本《夜晚的朋友们》，老师说许多动物为了躲避人类的捕杀，白天都不敢出行了，到晚上才出来活动活动，现在，许多动物种类濒临灭亡，再这样下去，动物们没有安全的家，无法生存，对于它们来说，这可是灭顶之灾啊！佟山山，你作为聪明的人类中的一员，看到这局面，于心何忍？

佟山山，从今天起，不得乱砍滥伐。老师说，曾经的过度砍伐使得好多地方水土流失严重，而且造成现在气温升高，海平面明显上升，这可不是什么好事！我还在网上看到，现在北极冰川渐渐融化，远古生物尸体出现，将释放许多病毒，不知道新冠病毒是不是生态失衡的后果之一。好恐怖！虽然我是虎王，但我也害怕奇奇怪怪的病毒啊！怎么办？所以，佟山山，你作为聪明的人类中的一员，再也不要乱砍滥伐了！

佟山山，这些，你都听好了吗？为了保护生态平衡，为了我们赖以生存的地球，为了我们自己，请不要再干傻事了，否则，别怪虎王我不客气。嘿嘿！别不信！因为，我是虎王我怕谁，管他法宝不法宝！

【原创绘本】

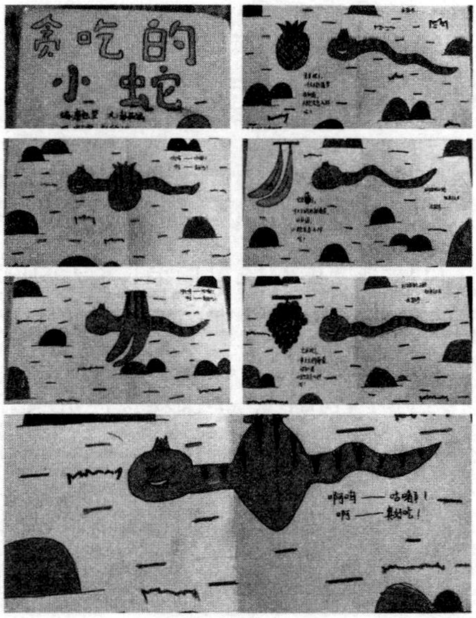

【教育信条】

一年之计，莫如树谷；十年之计，莫如树木；终身之计，莫如树人。

20
守护·奔跑

【绘本名片】

	书　名：白衣超人 作　者：梅　竹（著） 跳　跳（绘） 出版社：二十一世纪出版社

【故事导读】

《白衣超人》以新冠肺炎疫情为背景，讲述了一个不幸感染的小男孩在医院接受隔离治疗的故事。在治疗过程中，小男孩对医生的态度发生了转变。医生也告诉他一个自己的小秘密……最终，小男孩治愈出院。一直将超人视为偶像的小男孩也终于明白真正的超人应该是什么样子的。疫情已经过去，谨以此绘本献给疫情期间奋斗在抗击新冠肺炎一线的所有医护人员，以及在各行各业中砥砺前行、默默奉献的人们。

【亲子阅读】

在这个城市里，有许多忙碌着的人：老师、快递员、建筑工人、工程师……而我长大后，想当一名警察，开警车抓坏人实在太酷了。或者，当名演员，扮演超人，拯救人类。总之，我想成为耀眼的“英雄”。

在这个城市里，我最不喜欢的就是医生。因为每次见医生，就代表我生病了，是个病人，得打针、吃药。医院里的消毒水味儿，医生被口罩遮挡住的脸，都让我觉得紧张。而几乎所有来见他们的人，都是愁容满面，我想他们一定和我一样不喜欢医生。

直到有一天，一只怪兽悄悄地来到了我住的城市。它很大很大，好像天有多大，它就有多大。它身上长着无数的眼睛，偷窥着这里的人们，伺机潜入他们的生活。然而，谁也没发现，人们依旧说着，笑着……

电视里说，我住的城市里很多人生病了。刚开始是一个，然后两个，接着四个……成百上千的人都病了。意外的是，这次医生没有让人们吃药，因为他也不知道该吃什么药。人们慌了，开始自己找药吃，有的人恨不得把家里的药都塞进嘴里。所有人都戴着口罩，脸色苍白，比口罩还白！

“谁也不知道那个怪兽躲在哪里。我们只能把门关好，不让它进来。”妈妈说。

我趴在阳台上，戴着游泳镜和口罩，看上去真是可笑。马路上空空荡荡，所有人都躲在家里。

我等着超人从天而降，把那个怪兽打倒。然而，超人并没有出现。

几天后，我也开始不舒服，干咳、呕吐，发起了高烧。我觉得自己好像被那个怪兽紧紧地抱住了，喘不上气。救护车来到我家。妈妈说：“这次的情况很特殊，我不能陪你去医院。在医院，要听医生的话，他们是超人，一定会治好你的病！”

医院里住着很多人，医生穿着一件特殊的衣服。他们很忙，要同时照看好几个病人，就像妈妈说的那样，像有三头六臂的超人。

“原来你真的是超人！”

“不，我只是比普通人多一些力量。”

“哪里来的力量？”

“我有一件白色的盔甲，穿上它，我像被充了电，浑身是劲儿。”

“那你就是穿着白色盔甲的超人！”

你知道吗？之前我从来不觉得医生是超人，我甚至有点讨厌医生。因为每次见到医生，就代表我生病了，是个病人。就像现在，我又病了。

“告诉你个秘密吧，我也是个病人。”

“超人也会生病？”

“是啊，而且是种很奇怪的病。就像有特异功能一样，我会很快地、一天天地变小。然后，我就不能跑、不能跳了，像小时候学走路一样，需要别人搀着我走。再然后，我就只能躺在床上了，就像是襁褓中的婴儿一样。”

“到那时，你还是无所不能的超人吗？”

“那时候，这件白色的盔甲对我来说就太大也太重了。我想，我只剩下一颗超人的心了。”

“但那时，我就长大了。我可以穿上你的白色盔甲吗？我想当真正的超人！”

“当然！除了一件白色盔甲，你还要有一颗强大勇敢的心。白衣超人会遇到很多突发情况，要时刻保持冷静。也许哪天，亲人也成了自己的病人。我呢，还会教给你一些成为超人的必备技能。不过，你要记住，超人不是无所不能的。”

接下来的日子里，我学着让自己变得勇敢。

白衣超人常常在一旁竖起大拇指，鼓励我：“好样的！”

我真的变得很勇敢，一次都没有哭。

一周过去了，我焦急地问白衣超人：“嘿，我觉得我已经变得很勇敢了，你教给我的技能我也学会了，我可以算是白衣超人了吗？”

“每一个被怪兽抓到的人，心中都充满了恐惧和无助。白衣超人一边打怪兽，一边还要安抚、鼓励那些人，他必须有颗柔软的心。”

“就像你对我这样……”

“要知道，与怪兽的战斗并不是白衣超人一个人的战斗，只有被抓到的人不放弃，和他一起向前冲，才能赢得最终的胜利。”

两周之后，白衣超人真的治好了我的病，我可以出院了。白衣超人把我送到医院门口，他走路时，一高一低的，有点困难。他看上去很累，肩膀都耷拉了下来。我发现，他好像真的变小了一些。

我对白衣超人说：“你好像真的变小了一些。小孩子是最相信愿望可以成真的，你有愿望吗？我先说，我的愿望是成为真正的白衣超人。”

“我的愿望是，可以有更多的孩子和你一样，穿上白色盔甲，变成超人。当你们站在一起时，就是一道坚不可摧的白色屏障，抵挡怪兽，保护我们的家园。”

【课例回放】

《春天里的那抹“红”》抗疫微课

一、导入

2020年的春天，一场突如其来的新型冠状病毒改变了所有人的生活。为了打败这凶猛的病毒，全国上下，万众一心，众志成城。在这场战役里，钟南山、李兰娟……一个个名字如雷贯耳，他们是这个时代的英雄，是民族的脊梁。同时，也有许许多多平凡的人，我们并不知道他们的名字，但他们同样是这个春天里最动人的风景。

二、授课

（一）请战书上，一个个红指印扣心弦

1.出示场景：2020年1月24日，除夕凌晨，上海市第一批医疗队抵达武汉……

①“我就要去武汉了，妈妈在生病，就不要告诉她了。”

②“我走了，你好好照顾自己和咱们的孩子。别为我担心，我会好好保护自己的，你放心吧。”临行前，他们对前来送别的亲人说。

师：他们怎不知道，此番前往疫区，就是生死的考验。他们，是母亲的乖女儿，是嗷嗷待哺的孩子的好妈妈，是妻子的丈夫，是家庭的顶梁柱……但是——

“疫情就是命令，医院就是战场，面对这场没有硝烟的战争，我们责无旁贷，我们有责任履行医务人员的职责，义不容辞，义无反顾，不计报酬，无论生死。”这一封封逆风而行的请战书上，押满了勇往直前的红指印。这哪是红指印，这分明就是颗颗炽热的心啊！

2.“不计报酬，无论生死”，这个春天最感人的铮铮誓言！队员们，你们可知，此时的他们，是医生，更是战士。摁下红指印，告别家人，奔赴武汉，这是何等的豪情壮志！他们，是最美的逆行者。

（二）采血车里，一滴滴热血见真情

1.出示场景：2020年2月8日，元宵节，湘乡市首批无偿献血开始了……

①“看到前线的医务人员不畏生死与病毒抗争，还有其他各行各业的人都在全力抗击疫情，我也希望能尽自己的一点力。”这一天，龙洞中心幼儿园的戴湘云老师结束休假，提前赶回湘乡，完成了自己人生的第一次献血。

②这一天，东方红学校的黄湘凌老师在采血车上完成了自己退休前的最后一次献血。

③这一天，他、他、他们，为了抗击疫情，用热血搭起了一座爱的桥梁，虽然没有奔赴战场，虽然没有豪情壮语，但是，那一滴滴热血，那一个个鲜红的献血证，无不向我们诠释着爱的力量。

2.“抗击疫情，为爱逆行。”队员们，你们可知道，这滴滴鲜红的血液已汇成爱的海洋，温暖了你我的心灵。他们，是这个春天里最美的奉献者。

（三）红土地上，一颗颗中国心闪光芒

1.出示场景：2020年1月31日，山东日照东港区一个派出所里……

①播放视频。

②师：此时，我也想说，大爷，这个春天里，您的举动最能打动人心。无独有偶，在湘乡市月山镇，一名在外务工人员向龙洞村捐赠了1500个医用口罩、400斤84消毒液，价值近7000元，他说：“我的根在这里，理应为

家乡做点事。”一位名叫“重阳”的网友捐款1000元，工作人员多次询问其真实姓名和联系方式，他说：“我是家乡人，这是我应该做的。”爱心企业众力采石场负责人李雪明捐款5万元，她说：“我们是土生土长的本地企业，理应为社会作出自己的一份贡献。”多么朴素的话语，多么真诚的举动！而这一切，都源于他们有着一颗赤诚的中国心。

2.队员们，你们可知，在这个不同寻常的春天里，他们虽平凡，但他们的精神却闪烁着耀眼的光芒，他们，是最美的守护者。

三、小结

1.“哪有什么岁月静好，只不过是有人在替我们负重前行。”这红指印、这滴滴热血、这颗颗中国心，这一抹抹“红”，给予我们爱与力量，为我们撑起整片蓝天。他们，是这个春天里当之无愧的——最美的逆行者、奉献者、守护者。

2.红领巾们，立正，向最美的他们行队礼！跟老师一起说：你们辛苦了！向你们致敬！

3.抵抗病毒，从我做起。队员们，你们就是最美的践行者！

4.这个春天里，正因为有这一抹抹“红”，有这群最美的逆行者、奉献者、守护者和践行者，胜利的曙光就在前方！武汉，加油！中国，必胜！

【乡村手记】

奔跑吧，少年

2020年，注定是不平凡的一年。正因为不平凡，才涌现出了许许多多不平凡的人。今天，我要和大家分享的是一群“90后”逆行者的感人故事。

“90后”，曾经，面对未知的疫情，他们忐忑过，也迷茫过。但是，最终，在这场没有硝烟的战争里，他们义无反顾，勇往直前，硬是把自己活成了令人崇拜的样子。

佘沙，汶川女孩。十二年前汶川地震时，她上五年级，她目睹了来自全国各地对灾区人民的无私援助，如今的她怀着一颗感恩的心，奔赴武汉，奋战在抗疫第一线。佘沙姐姐两次请战，三个理由感动了无数人。“我觉得我应该去，因为我是汶川人。”这是善良的传递，更闪烁着人性的光辉。世间最朴实却最富有感染力的语言，莫过于此！就这样，她成为四川第三批支援湖北医疗队里年龄最小的那一个，同时也是最闪亮的那一个，因为她心怀感恩。

有一位长发飘飘的漂亮小姐姐叫单霞，武汉大学人民医院东院区神经内科护士。为了避免交叉感染，节约穿防护服的时间，她毅然剃光了及腰的长发，投入到一线工作。面对家人和朋友的不解，单霞姐姐从容淡定，义无反顾。“头发没有了可以再长，现在首要问题是保护好自己的同时，尽力去救更多人。”在单霞姐姐漂亮的容颜下，更有着一颗金子般的心啊！她的执着勇敢，令我们钦佩。

来自浙江的郑益欢辞去宁波的工作，驱车840公里到武汉“应聘”，二十三岁的他在武昌医院老年呼吸内科得心应手。厚厚的防护服，一个班下来身体消耗很大，郑益欢依然斗志昂扬。“我是男护士嘛，力气更大。而且我是“90后”，这次疫情应该去体现一个“90后”对社会的价值。”“我想我所做的，是一名医护人员该有的责任和义务，也是一名成年人该有的社会责任。”他笑着说。在郑益欢哥哥的身上，你是否感受到了强烈的责任感与勇于担当的精神？

奋斗是青春最亮丽的底色，一个个年轻的身影刚毅果决。

“曾经，抗击非典、汶川地震……“90后”是一群被大人们悉心保护的孩子，如今，这些‘当年的孩子’正成长为抗击新冠肺炎疫情的中流砥柱。心怀感恩、执着勇敢、勇于担当就是我们成长的名片。”“95后”逆行者王冰这样说。

历史的接力棒，已在青年一代的手上传递。

孩子们，未来的岁月里，你也将成为他们的样子。

自古英雄出少年。梁启超在《少年中国说》中提出：今日之责任，不在他人，而全在我少年。少年智则国智，少年富则国富，少年强则国强，少年独立则国独立，少年自由则国自由，少年进步则国进步，少年胜于欧洲，则国胜于欧洲，少年雄于地球，则国雄于地球。

愿你们不负韶华，努力奔跑，当好新时代的接班人！

【心路心语】

我和爷爷的抗疫故事

“不走亲访友，不扎堆，不聚餐，出门请戴好口罩……”村头的广播响了，塑料普通话一浪高过一浪。

我们一家子一边兴致勃勃地吃着元宵，一边看元宵晚会。突然，我的眼球被一位名叫袁兆文的清洁工爷爷深深地吸引住了——

他穿着简朴，略显佝偻，脸上的皱纹如沟壑般……

就是这样一位老人，在新冠肺炎疫情猖獗时，毅然决然地捐出自己辛辛苦苦积攒下来的钱，只留下一张纸条：“给白衣天使加一点油。——东港环卫”

17秒，一张简短得不能再简短的字条，感动了无数中国人。

伴随着主持人轻微的啜泣声，我分明看见爷爷的眼角泛出晶莹的泪花。

爷爷是一名党员，负责村道的卫生打扫。每天天刚亮，爷爷便拿起竹扫帚，将路上的树叶、灰尘打扫得干干净净，爷爷的手上早已磨出了茧，黄黄的、硬硬的，一到冬天，手指便裂开一道道口子。

以前，我常常坐在爷爷的膝盖上，摸着爷爷手上的茧和裂开的口子，问：“爷爷，疼不？”爷爷总是呆呆地望着自己的手，说：“你帮我吹一吹，就不疼了。”我深深地吸一口气，鼓起腮帮子，煞有其事地吹了吹，喃喃地说：“爷爷乖！吹一吹就不疼啰！”爷爷总是用他那裂开的手摸摸我的小鼻子，说：“淘气鬼！”

现在，受新冠肺炎病毒的影响，村道的卫生工作更加繁重了。刺骨的寒风肆意地刮着，天微亮，爷爷戴好口罩和手套，扛起竹扫帚，拿起84消毒液和桶子，开始了一天的工作。清扫落叶和灰尘，竹扫帚发出的“沙沙沙”的声音格外悦耳。每到一个垃圾桶旁，爷爷便蹲下身子，从泡有84消毒液的桶里捞出抹布，拧干，仔仔细细地将垃圾桶抹了一遍又一遍，生怕落下哪一个角落。每抹好一个，爷爷都要吹起他自创的口哨，仿佛在向病毒示威，更像是吹响胜利的号角。

有一次，爷爷收工时，我帮他收拾工具，帮他把竹扫帚扛回家。我怯怯地问：“爷爷，您太辛苦了，咱不干这个了，行不？而且，广播里也天天说‘不要出门’呢！”“那咋行？现在正缺人手，我怎么能这个时候撂担子不干呢？我是党员，就算再苦再累，我也得干下去。再说，我不是严格按广播里的‘出门戴口罩’来做的吗？瞧，我的口罩戴得可端正了。孙女，你就放心吧！”

就这样，一天又一天，爷爷乐在其中。

可是，今天，爷爷却哭了。我知道，爷爷一定是被袁兆文爷爷的举动感动得哭了。我拿起纸巾，轻轻地为爷爷擦去眼角的泪花，呆呆地望着他。过了一会儿，爷爷拉起我的手，说：“明天，咱们也捐些钱，为武汉人民渡过难关尽一份力。好吗？”“嗯，好！”说着，我拿出自己的储钱罐，将零花钱掏出来，整整齐齐地叠好，递给爷爷：“老师常说：‘赠人玫瑰，手有余香。’我是一名少先队员，我也要献出自己的一份力。”爷爷听了，点点头，直夸我是个懂事的好孩子。

“不走亲访友，不扎堆，不聚餐，出门请戴好口罩……”第二天，村头的广播又响了，塑料普通话一浪高过一浪。爷爷戴好口罩，带着爱心，揣着捐款，哼着曲子，大步向村部走去……

【原创绘本】

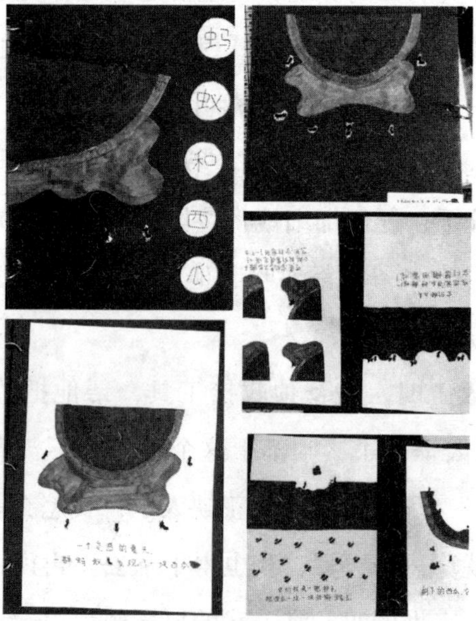

【教育信条】

习惯的力量是难以抗拒的。做一件好事并不难，难的是养成一种做好事的习惯。

21 守护·信仰

【绘本名片】

	书　名：为人民服务 作　者：毕远佞（主编） 吴梅梅（文） 杨　楚（图） 出版社：未来出版社

【故事导读】

《为人民服务》讲述的是八路军战士张思德的故事。他是一名普通的革命战士，没有做过什么惊天动地的大事，但是他尽自己所能，帮助战友站岗、打草鞋……脏活累活抢着干，以生活中处处帮助别人为乐事，面对危险的事情一定冲在前边。他全心全意为人民服务的革命精神闪闪发光，成为一种时代品质，代代相传。

【亲子阅读】

张思德，1915年4月出生于四川省仪陇县一个贫苦农民家庭。重病的母亲因为没有奶水，只得走东家，串西家，要来谷米捣碎熬成糊喂他，因而给他起了一个小名叫“谷娃子”。他出生仅七个月，母亲就因病无钱医治离开人世，父亲张行品被迫把他抱给婶母收养。谷娃子吃“千家奶”、穿“百家衣”长大，养母为了让他永记乡亲们的恩情，给他取名“思德”。

1933年，红四方面军来到他的家乡六合坊，他积极报名参加了红军。不久，他加入了中国共产主义青年团，后来，又加入了中国共产党。1935年3月，红四方面军为配合中央红军长征北上，冲破川军的阻拦，强渡嘉陵江西进。在战斗中，张思德英勇顽强，奋不顾身，右腿中弹，毫无惧色，冲进敌阵，同敌拼杀，击毙敌军射击手，一人缴获了两挺机枪。有一次，他外出执行任务，路上遇见一个敌人疯狂追赶一个十四五岁的红军小战士，他义愤填膺，猛冲上前，将敌人击毙，救下了那个小战士。他的英勇事迹，在红军中广为传扬。

张思德始终牢记为人民利益工作的使命，并在实践中一丝不苟地贯彻一切为人民服务的宗旨。

延安时期，战士们总因粮食不足而吃不饱饭。通信班的战士都是小伙儿，加上经常外出送信走远路，饭量比较大。每次吃饭时，作为通信班班长的张思德吃到一半，就不声不响撂下饭碗，提起水桶去打水，让别人多吃一些。

大巴山腹地冬季寒冷，取暖多靠木炭。张思德小时候跟着父亲练就了烧炭的好手艺。1944年初，张思德积极响应党中央提出的大生产运动号召，主动到安塞县石硖谷办生产农场，担任副队长，主要任务是烧制木炭。白天，他巡回各窑，掌握火候。晚上，他也起来数次爬上窑顶，观察烟色。窑里温度很高，有的木炭出窑还有火星。但每次出炭，他都是抢先钻到窑的最里边捡木炭，手里包的破布着火了，他就弄熄后继续干。

1944年9月5日，张思德和战友小白决定再新挖几个窑，多烧些木炭。当挖到中午时，突然窑顶掉下几块碎土，出现险情。张思德眼疾手快，一把将小白推出洞口，这时窑顶坍塌下来，把张思德埋在了下边。战士们和老百姓从四面赶来，拼命刨土。小白得救了，张思德却没能抢救过来，他牺牲时年仅二十九岁。

1944年9月8日，毛泽东出席中央警卫团为张思德举行的追悼会。追悼会上，他说：“人总是要死的，但死的意义有不同……为人民利益而死，就比泰山还重；替法西斯卖力，替剥削人民和压迫人民的人去死，就比鸿毛还轻。张思德同志是为人民利益而死的，他的死是比泰山还要重的。”

毛泽东把张思德身上闪光的思想和品德凝练为五个大字——为人民服务。

【课例回放】

为人民服务

一、导入

1.学校最近开展“学习二十大，争做好少年”的主题活动，三四年级的同学唱红歌，五年级的同学讲红色故事，我们六年级定的主题是宣讲“为人民服务”。同学们，让我们一起争当红色宣讲员吧！

2.请大家先来看一段视频，这是2019年10月1日国庆70周年大阅兵的场景，这场面宏伟壮观，让全世界为之震撼，我们一起来看一看。（播放视频）

3.大家听到了吗？刚才主席问候同志们辛苦了的时候，战士们的回答是——为人民服务，这铿锵有力的口令声就是——为人民服务。

4.“为人民服务”这句口号从20世纪40年代到今天，经历了七十多年的风风雨雨，一直深入人心，今天我们要学习的这篇课文，题目就是——为人民服务。

二、授课

（一）革命故事我来读

1.课前大家已经预习了课文，有没有发现这篇文章很特别？

2.这可是毛主席的演讲稿呢。同学们，这是我们小学阶段学的第一篇议论文。议论文有一个特点，就是观点明确，这篇文章的观点就是——为人民服务。

3. 在文中也有这样的阐述，一起读：我们这个队伍完全是为着解放人民的，是彻底地为人民利益工作的。

4. 同学们，这信仰自建党之日起就扎根在每一位党员的心中，至今我们再读，依然心潮澎湃。（齐读）

5. 为了有力地证明这一观点，主席又讲了哪几个方面的内容？结合你的预习单，说一说你找到的句子。

预设：①人总是要死的，但死的意义不同。

②因为我们是为人民服务的，所以我们如果有缺点，就不怕别人批评指出。

③我们的干部要关心每一个战士，一切革命队伍的人都要互相关心，互相爱护，互相帮助。

6. 读一读这三句话，试着概括。

预设：主席围绕“为人民服务”这个观点，分别写了生死的意义、不怕批评、团结互助。

（二）革命精神我来品

1. 资料链接，加深感悟：探讨死的意义。（出示第二自然段）

①这一段话里的每一层意思都紧密联系，且层层递进。我们再来静静地看这几句话，看一看每一句话都是用怎样的方法来写的？

②师：第一句用的是引用论证，作者引用了司马迁的话，关于司马迁，你们都有哪些了解？

③生分享课前搜集的资料。

④师：他一生忍辱负重，写下《史记》为历代称颂，在历史的长河中也具有着深远的影响。所以主席开篇就引用了他的话，一起读。

2. 出示句子：为人民利益而死，就比泰山还重；替法西斯卖力，替剥削人民和压迫人民的人去死，就比鸿毛还轻。

生交流自己的体会。

师：第一句“为人民利益而死”，这个“死”你能换个词解释吗？

预设：就义、捐躯、牺牲、殉职、殉国。

师：第二个“死”代表的含义与第一个不同。第一个“死”代表的是英勇牺牲，而第二个“死”则代表的是死有余辜。

这样对比着写，我们对比着读，就比出了情感，比出了轻重，比出了是非。

3. 出示张思德资料

张思德出生于一个贫困家庭，1933年12月，他参加红军，曾担任过警备团班长和毛主席的卫士。张思德在长征途中只身求水抢敌船，还曾英勇地夺过敌人的两挺机枪，被战友们称为“小老虎”。过草地时，他还经常亲尝毒草，只为让战友们能够挖拾无毒的植物充饥。

师：从一件件具体的事例中，我们可以看出什么是真正地为人民服务，什么是实实在在地为人民服务。

4. 张思德同志永远地离去了，但是我们却记住了这个可亲可爱的好战士，更记住了他身上最淳朴、最可贵、最永恒的精神，那就是——为人民服务。

5. 其实不仅张思德，还有很多很多的人像张思德一样，他们一个个都是全心全意为人民服务的实践者，他们的死是为人民利益而死，他们的死重于泰山。

6. 师：通过查阅大量资料，我们就加深了对课文的理解，同时也就读懂了主席的每一句话。

7. 除了“死”的意义，主席还讲了不怕批评和团结互助。那在这部分中，又有哪些语言打动着你、鼓舞着你？（师生交流）

（三）红色故事我宣讲

1. 选择《为人民服务》中的几句或一段话进行宣讲。先在小组内自由地练一练，讲一讲，看看自己能得几颗星。

小小宣讲员	
评价标准	星　级
字正腔圆	★
不仅字正腔圆，而且富有感情	★★
字正腔圆，富有感情，还能加上动作，自信大方	★★★

2.生展示宣讲，并进行评价。

3.同学们，其实《为人民服务》这篇文章我们不仅可以宣讲，其他只要是为人民服务的人或事都可以宣讲。同学们可以搜集更多的资料，为宣讲做准备。

三、小结

1.同学们，你们知道吗？2022年中国共产党第二十次全国代表大会上，在习近平总书记作的报告中，“人民”这个词语出现了105次。老师摘取其中的一段，和大家一起来读一读。(出示语段)

2.在航天员的心中，在消防战士的心中，在人民子弟兵的心中，人民的利益高于一切。让我们接力，当好信仰的传承者。请全体同学起立，将你的右拳高高举过你的头顶，一起宣誓：我们时刻准备着，为实现中华民族伟大复兴的中国梦不懈奋斗！

【乡村手记】

永远的“神”

昨天，我不在长沙，但我知道，下了一天一夜的雨的，不只是长沙，还有湘乡，还有我们的农村偏远小学。

昨天，一直有点小忙。下午两点半，得空打开手机，同行的一女性朋友惊呼：“啊？袁隆平去世了？……”我随即应道：“不可能吧！怎么会！……”

我曾几度天真地以为，他是神，是不会离开我们的。可是，新闻推送、朋友圈……铺天盖地的都是这条我、我们始终不愿相信、不愿接受的消息。

那一刻，空气似乎凝固，我和同行的女性朋友呆呆地立着，立在那条长长的、飘着小雨的楼道里……

然而，事实却是如此残酷，他，受国人敬仰的他，真的走了，带着国人的眷恋与不舍，就这样，走了……

虽从未谋面，但他一直在我们的教科书里，在我的课堂里，每每教育孩子们要树立正确的人生观、价值观时，我总是将他和抗疫英雄一起，让孩子们向他们学习。是啊，一位九十多岁的老人，尚如此努力地为国奉献，我们，又有什么理由不努力、不上进呢？每次说到这儿，孩子们总是很受震撼，极受鼓舞。当然，被震撼与鼓舞的，还有我自己！

我一直很庆幸，庆幸自己生在一个如此和平的年代，长在如此和谐的国度。甚至，我为我是一名中国人而骄傲、自豪。因为，在这个国度里，有袁隆平，有钟南山，还有无数为国默默奉献的人！

突然，忆起一句诗："有的人死了，他还活着……"是啊！他，将永远、永远活在我们心里……

此刻，只想祈求上苍善待每一个向阳而生、努力进取的人，不管他们生活在何处，都盼世界能温柔以待，不辜负每一颗向上而脆弱的心……

走好，永远的"神"！

【心路心语】

又是一年风筝起

风和日丽的星期天，我无聊地漫步在河堤上。"快看我的，飞得多高啊！哈哈哈哈……"突然，不远处，传来一阵欢快的叫喊声。原来，小伙伴们正在草地上放风筝。那一只只风筝，色彩斑斓，远远地，像一只只飞舞的蝴蝶，美丽极了。而我的心，也被这一只只飞舞的风筝牵动着，我的泪，夺眶而出，悄无声息，却又汹涌澎湃。爷爷，我想您了……

打我记事起，我的爷爷每年都会做一只风筝送给我，蝴蝶的、蜻蜓的、燕子的、老鹰的……各式各样，漂亮极了。阳光下，爷爷准备好竹材、纸笔、颜料、线和自制的浆糊，我在一旁看着，时不时地过去“帮忙”。我笨手笨脚的样子，总惹来爷爷一阵嗔怪的骂声：“你这鬼丫头，看，尽给我捣乱！”说着，用沾浆糊的手指点点我的小鼻子，满是皱纹的脸像是开着一朵花。

和爷爷放风筝，是我最快乐的时光。阳春三月，田野里，草儿青青，山坡上，野花竞相开放。一阵风吹过，阵阵清香扑鼻而来，似乎还夹杂着丝丝甜味，好不惬意！这就是放风筝的最好时节。

爷爷领着我来到一块平地，将我放在肩膀上，一手扶着我，一手牵着风筝，起跑、放线，边放线边慢慢地跑……风筝越飞越高，越飞越高……

我在爷爷的肩膀上欢呼起来：“哇！好高好漂亮啊！爷爷，放线，快放线！”

“不能放太多啦！再放，该飞走喽！”

“风筝会飞走的吗？会飞到哪里去？”

“会飞到很远很远的地方去吧！”

“很远很远的地方，是什么地方？”

“很远很远的地方，就是，就是我们锡怡找不到的地方。”爷爷顿了顿，像是思索了许久，又说道，“等爷爷老了，也会去一个很远很远的地方，一个锡怡永远也找不到的地方……”

那时，小小的我，竟还是没弄懂，很远很远的地方在哪儿。

我只知道，疼爱我的爷爷，除了陪我放风筝，还教我认字、背诗、做算术。他说，女娃娃要多学知识，长大了才不会受人欺负。对于这些，我总是似懂非懂。

可是，就在我上一年级时，爷爷再也不能陪我放风筝了。那年冬天，我的爷爷永远地离开了我。妈妈抹着眼泪告诉我，爷爷去了一个很远很远的地方，一个我永远也找不到的地方……我还是不懂，我只知道，任我怎样叫唤，爷爷总是不理我，我急得跟着妈妈一起掉眼泪。

如今，在我的床头，挂着两只风筝，一只蝴蝶的，一只蜻蜓的。但是，我已有五年不曾放风筝了。每次看到这两只风筝，我又想起了我的爷爷，想起了爷爷背着我放风筝的情景，那时的我们，多么快乐……

又是一年风筝起。爷爷，最疼爱我的爷爷，您在那很远很远的地方，还好吗？我好想您，我的爷爷！

【原创绘本】

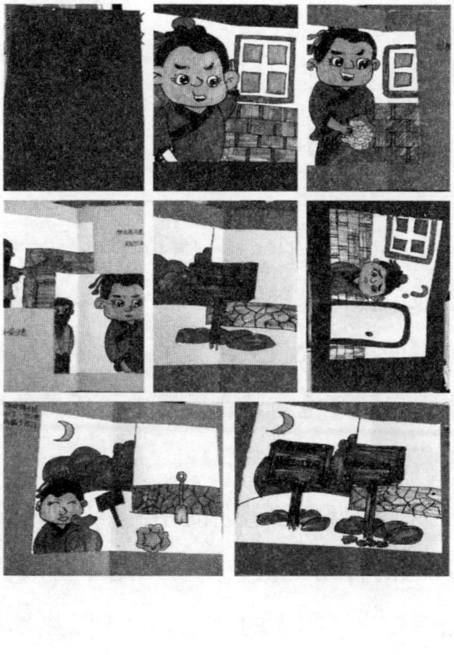

【教育信条】

我们有无产阶级道德，我们应该发展它，巩固它，并且以这种无产阶级道德教育未来的一代。

22
守护·担当

【绘本名片】

	书　名：小英雄雨来 作　者：管　桦（原著） 朱超群（改编） 林林伊（绘画） 出版社：上海教育出版社

【故事导读】

在抗日战争时期，晋察冀边区十二岁的雨来是一个游泳本领很强的孩子。一次，交通员李大叔为了躲避鬼子藏到了雨来家，雨来为了掩护李大叔被鬼了抓住，他坚决不说出李大叔藏在哪里，鬼子把雨来拉到河沿上，想杀害雨来，没想到雨来在鬼子开枪前就跳入河中，凭着他高超的游泳本领从鬼子的枪口下巧妙地脱险了。

雨来是我国抗日战争时期一位著名的小英雄，他虽年纪不大，但非常痛恨日本鬼子，他用自己的行动，积极支持八路军抗战，做了不少有益的工作，为打败日本侵略者作出了很大的贡献。他无限热爱党，积极为抗日出力的英雄行为和爱国奉献精神，值得我们学习和发扬。

【亲子阅读】

在晋察冀边区的北部，有一个叫芦苇村的小村庄。每当芦花繁盛的时候，远远望去，黄绿色的芦苇上好像盖了一层厚厚的白雪，轻风一吹，鹅毛般的芦絮就飘飘忽忽地飞起来，把几千户小屋都罩在柔软的芦花里。村里有条返乡河，孩子们在入夏以后都喜欢游泳，十二岁的雨来和其他小朋友比，水性最好，潜水能力最强，本领最大。

一天晌午，雨来吃了点剩饭，就趴在炕上念他那用红布包着的课本，老师教会他识字——“我是中国人，我爱中国”。忽然，雨来听见街上有人在跑。

雨来一骨碌下了炕，刚迈出门槛，门外闯进来一个人，雨来正撞在这个人的怀里。他抬头一看，是区上的交通员李大叔，李大叔常来雨来家落脚。

随后，外面传来日本鬼子叽里呱啦的叫声。李大叔忙把墙角那盛着大半缸糠皮的缸搬开。雨来愣住了：“咦？这是什么时候挖的洞呢？”李大叔跳进洞里，说：“把缸搬回原地，你快到别的院里去，对谁也不要说。”

雨来使出浑身气力才把缸挪回原地。他知道爸爸是游击队员，一定是他在家里挖了这个洞。雨来之前都不知道这件事，他要守住这个秘密。

雨来刚到堂屋，只见十几把雪亮的刺刀从前门探进来。他撒腿就往后院跑，听到背后咔嚓一声枪栓响，有人大声叫道：“站住！”雨来没理他，一直朝后院跑去，只听见子弹在头上嗖嗖飞过的声音。

雨来摔倒了，被前来的鬼子绑了起来，屋子里也遭了劫难。一个扁鼻子鬼子军官，两眼红红的，用中国话问雨来：“小孩，问你话，不许撒谎！”

他突然望向雨来的胸脯，眼睛睁得圆圆的，雨来低头一看，原来刚才一阵挣扎，课本从怀里露出来了。鬼子拿过书翻着看了看，问他：“谁给你的？”雨来说：“捡来的！”

扁鼻子军官露出满口金牙，假装温和地对雨来说：“不要害怕！小孩，皇军是爱护的！”说着，就叫人给他松绑。

军官用手摸着雨来的脑袋，说：“这本书谁给你的？没有关系，我不问了。别的话要统统告诉我。刚才有个人跑进来，看见没有？”雨来用手背抹了一下鼻子说：“我在屋里，什么也没看见。”

扁鼻子军官把书扔在地上，手伸进皮包，掏出来一把雪白的糖块，往雨来手里一塞，说：“吃！你吃！你得说出来，他在什么地方？”

雨来没接他的糖，也没回答他。旁边一个鬼子嗖地抽出刀来，瞪着眼睛要向雨来头上劈。扁鼻子军官摇摇头，两个人叽里咕噜说了一阵，那鬼子使劲把刀放回鞘里。

扁鼻子军官压住火气，手轻轻地拍着雨来的肩膀，笑着说：“我最喜欢小孩。那个人，你看见没有？说呀！”雨来摇摇头，说：“我在屋里，是听见外面有声音，就往窗口看，见到一只猫跳在围墙上。”

扁鼻子军官的目光立刻变得凶恶可怕，他向前弓着身子，伸出两只大手，捏着雨来的两只耳朵，向两边拉扯，雨来疼得直咧嘴。

另一个鬼子往他的胸脯上打了一拳，雨来打了个趔趄，后脑勺正碰在柜板上，但立刻又被抓过来，肚子撞在炕沿上，雨来两眼直冒金花，鼻子流着血，痛得半天才缓过气来。

鬼子打得累了，继续问道：“你的，刚才那个人在什么地方？”雨来想着自己是中国人，不能出卖中国人，于是咬着牙说：“我真的只看见一只猫跳在围墙上呀！”扁鼻子军官气得嗷嗷地叫：“枪毙，枪毙！拉出去，拉出去！”

雨来急中生智，突然假装害怕哭了起来，并指着后院说：“那人……那人好像是朝后院水桥边走的。我，我，可以带你们去找。”鬼子们信以为真，赶着雨来朝后院去，到了水桥边时，趁鬼子不防备，雨来一头扎到河里去了。

慌乱中，鬼子向水里胡乱开了几枪，再也没有看到孩子的身影，只好走了。

太阳已经落下去，天上飘着的浮云像一块一块红绸子，映在还乡河上，苇塘的芦花随风飘飘忽忽地飞着。

芦花村里的人听到河沿上响了几枪。老人们含着泪，说：“雨来是个好孩子！”

雨来的好朋友铁头和三钻儿还有芦花村的孩子们，听到枪声都呜呜地哭了。

交通员李大叔在洞里待了好长时间才出来，他听见街上有人吆喝："卖豆腐啦！"这是芦花村的暗号，知道敌人已经走远了，便跑到街上打听雨来的消息，才知道雨来被鬼子打死在河里了。他脑袋"轰"的一声，眼泪就流下来了。

还乡河的河水打着漩涡哗哗地向下流去。不知谁说："也许鬼子把雨来扔在河里，冲走了。"大家就顺着河岸向下找。

突然，铁头指着芦苇丛里露出来的一张脸叫起来："啊！雨来！雨来！"

原来，机智勇敢的雨来，因为熟悉潜水，跳河后就从水底下游到了远处一片芦苇丛里藏了起来……

【课例回放】

《小英雄雨来》整本书研读

一、导入

1. 了解学生的阅读进度。

2. 看文段，猜人物。

预设：杜少英、雨来

3. 除了这几个人物，你还对书中哪些人物留下了印象？

二、授课

（一）人物关系我梳理

1. 梳理人物关系，借助思维导图清楚人物关系。

师：刚才大家介绍了这本书中很多的人物，一本书中有二三十个人物，我们要想把他们全记住、全了解，容易吗？老师有个小诀窍，把这些人物分分类。

2.请看故事中必不可少的主角，是谁啊？

预设：雨来

看看这些又是谁？

预设：敌人、八路军、家人、小伙伴们、乡亲们

3.师：以后当我们再阅读像这样人物众多、关系复杂的小说时可以通过梳理人物关系，借助思维导图帮助我们更好地读懂故事的内容。

（二）故事情节我整合

过渡：书中除了有人物，还必不可少的是故事的什么？

预设：情节

1.看插图，猜情节

（出示插图）你们能不能猜出相应的情节？（指名答，相机评价：你关注到了图片中的人物，猜出了情节。）

再来看看第二张插图（出示“埋地雷”），谁来说一说？（评价：这位同学观察插图非常认真仔细，留意到了图中出现的文字，帮助她猜到了情节。）

2.看目录，梳理情节

师：书中还有许多这样精彩的情节，请大家翻到目录页，你会发现它的小标题特别多，一共有41个小标题，这些小标题特别有意思，每几个小标题合起来就是一个完整的故事，“掩护李大叔”就是这部小说中第一个完整的小故事。这本书是由七个这样的小故事组成，请小组合作整合故事内容，抓主要事件为故事拟一个小标题，拟好标题之后请工整地写在纸上，再贴到黑板上情节梯相应的位置。

3.师：通过整合故事内容我们将这么一个长长的故事变成了一个情节梯，整本书的主要内容也就一目了然了。

（三）人物形象我品读

1.交流分享印象最深刻的情节

师：这么多的故事情节，你觉得哪一个令你印象最深刻？（全班交流，相机评价）

2.感受雨来的人物形象

①品读《雨来这孩子》，感受雨来的天真顽皮。

师：老师也有想要跟大家分享的情节是第一章“雨来这孩子”，读书要有一定的速度，五年级的孩子每分钟至少要读够三百字，看看大屏幕，试着读一读，看看你能不能跟上这样的速度。（出示选段，生默读）好，你们跟上了吗？大家的表情告诉我你们跟上了，看完了，你又认识到一位怎样的雨来？可以结合内容来讲。

②品读《越胆小越害怕，越胆大越不怕》，感受雨来的胆小怯懦。

师：再来看看老师想和大家分享的第二个情节片段“越胆小越害怕，越胆大越不怕”，看之前我想请一个同学来读读黑板上的阅读提示（出示阅读提示：默读，边读边思考：你认识到一个怎样的雨来）。注意带上刚才的阅读速度，边读边思考。

师：你在这里又看到了一个怎样的雨来？和大家分享分享。（预设：胆小、怯懦）你也有过胆小的经历吗？老师心里有一个大大的问号，这里明明写的是小英雄雨来，为什么要写他胆小怯懦的事呢？这还能称得上英雄吗？我们把这一段删了，好不好？（预设：不好）为什么？（预设：更真实）

师：雨来是一个有血有肉、非常平凡的小男孩，所以，他既有非常勇敢的一面，也有胆小的一面，这样的人物形象更加地丰满，这样一个普通的小男孩，到底是怎样变成小英雄的呢？（相机板书：小英雄）

（四）成长线索我标注

1.感受成长，根植情怀

师：请大家看看老师出示的“雨来成长记”事件图，这张事件图上写了雨来不同成长阶段的六个事件，数轴的纵轴上写的是分数。（出示要求：给这六个故事中雨来的表现打分，并在相应处做标注；小组讨论找依据，说说评分理由。）

2.全班交流，感受成长

3.感知变化，根植情怀

师：用你们的笔把这些点连成一条线，画完之后，你有什么发现？有没有发现这条线高低起伏，一波三折？这曲折的只是一条线吗？这是雨来的什么？

预设：成长、变化。（相机板书：成长）

师：我们发现小英雄雨来的成长历程并不是一帆风顺的，在我们的人生历程中没有人能够在成长的道路上不摔跤，不犯错，不经历任何的挫折和磨难。但是，我们每个人都可以像雨来一样勇敢地面对困难，收获自己的成长。现在，你对"小英雄雨来"这个称号有什么新的认识？（全班交流）

师：刚才大家说的这一切都源自他有坚定的信仰，有崇高的理想，那还记得之前上夜校时老师在他心里种下的那颗种子吗？（出示：我们是中国人，我们爱自己的祖国。）

（生齐读）

师：正是因为雨来胸怀国家，方显英雄本色。自古英雄出少年。老师也听到了你们心中的爱国情怀，相信爱国的种子也早已在我们的心中生根发芽。

三、小结

1.通过阅读，相信你们也能从中汲取收获自己的成长力量，成为一个对国家对社会有用的人，成为我们自己的英雄。

2.课后，同学们可以观看《小英雄雨来》电影，并结合主要人物和情节绘制小说连环画，排演小说课本剧。

【乡村手记】

“创新，才能发展”

2015年下学期，我担任月山镇栗山学校教导主任。月山镇栗山学校位于山沟沟里，交通非常不便，教师不愿意留，编制紧，人员结构特殊，教师年龄偏大，家庭贫困的留守学生较多，教学条件较差，是一所典型的“薄弱学校”，许多学生家长宁可将孩子送到好几公里外的学校，也不愿送到家门口的栗山学校。面对这严峻的形势，我首先想到的便是“改革”“创新”。再不创新，再不改革，学校就要垮了。唯有创新，才能发展。为彻底改变这种惨淡局面，我早出晚归，事无巨细，亲力亲为。全校5个班，8名老师，其中五十岁以上的占了一半，安排课程是一件极为麻烦的事情。我以身作则，除担任教导主任外，还兼任班主任，任教语文、英语、音乐等课程。教学任务繁重，但我从不言累，在完成教学任务的同时，还积极为学校发展出谋划策。

一直到2017年，担任校长，我坚持育人为本，德育为先，提出“以礼育新人，用心做教育”的理念，从习惯养成入手，推进素质教育。为了把养成教育的任务落到实处，学校印发了《栗山小学养成教育习惯实施细则》，并按照“学习习惯、礼仪习惯、生活习惯、节约习惯、安全习惯”等各项，将活动内容细化到每一周，要求各班级狠抓落实。

开学初，我向中心校申请置办了一套校园广播系统，从此告别人工铁锤打铃模式；9月底，首次“爱国主义”教育活动暨家长会隆重举行；10月初，大课间活动正式启航；一学期里，心理健康、传染病防治、文明礼仪、安全教育等一系列专题讲座新鲜出炉……尽管前期改革实践时，有老师嫌累，不愿意干，说这道那，但我始终如一，坚守“创新才能发展”的信念，积极学习东方红等名校的先进模式，不断摸索，不断改革，不断践行。

由于我的率先垂范与辛勤付出，学校的德育、教学、大课间活动等一系列工作开展得如火如荼，环境卫生不断美化，文化氛围与日俱增。老师们看在眼里，也都暗叹创新与改革之神奇，一改懒散之风，工作积极性越来越高。

2018年正月，新学期伊始，我在全校范围内大力开展读书活动。为了让全校学生都有书读，我带头买书捐书，在各班成立读书领导小组，组建班级图书角。为了指导学生读书，每周安排一节课外阅读指导课，用课堂时间来指导学生读书，带领师生共同参与其中，交流读书心得体会。5月开始，我又在全校发起诗歌吟诵活动，通过校园广播教学生吟诵《三字经》《百家姓》《诗经》等，校园内读书氛围愈来愈浓。2018年12月底，“古诗新唱”搬上学校喜迎元旦活动舞台，学生吟唱、教师吟诵、亲子齐诵，形式多样，精彩纷呈。2020年春天，一场突如其来的新型冠状病毒来势汹汹，孩子们不能按时返校，我组织教师开设“月山镇栗山学校微课堂”，并亲自设计《春天里的那抹“红”》《奔跑吧，少年》《送元二使安西》等多堂微课，在全校乃至全市范围内推广，得到学生、家长及社会各界的一致好评。2021年3月，我大胆开展绘本阅读，组织并承办湘乡市绘本阅读交流活动，这对于我们这样小规模的农村偏远小学来说，是前所未有的。2021年9月，“双减”政策全面实施，课后服务在乡村学校全面铺开，我带领师生开展“栗山湾学子共读中国神话故事”微课堂，并向全市推广。2022年3月起，每周三的绘本阅读微课堂正式上线，学校书香特色越来越浓，并惠及周边乡镇及县市。

同时，我带领老师们开展集体备课、课题研究，参与课程教学改革，教师互相学习、取长补短、比学赶帮，形成了良好的教研氛围，教学质量稳步提升。其中，在近年来的质量评估中，学校多门学科荣获湘乡市一、二等奖；主持、参与的多项课题研究均荣获湘乡市一等奖；2020、2021、2022年连续三年在集体备课中担任主备人和执教人，均荣获湖南省一等奖。同时，指导多堂集体备课荣获省级奖励，多篇论文荣获国家、省市级奖励。学校的变化产生了良好的社会反响，许多家长都说："现在的学校面貌大有改观，把自己的孩子放在这样的学校，我们家长也就放心了！"

"创新，才能发展。"用实际行动改变一所农村偏远小学的命运，过程很艰辛，但结果很喜人。所以，即便再辛苦，也值了。未来，继续坚定信念，一往无前。加油！

【心路心语】

秋千里的故事

秋千里，藏着我和爷爷的好多故事。

打我记事起，夏天的每个午后，爷爷都会坐在小庭院的秋千上打盹，风扇的摇摆声、爷爷的呼噜声、窗外的知了声，便构成了夏日里优美的旋律。我不爱午睡，总喜欢跑到小庭院里，爬到秋千上，听爷爷又打呼噜了，便摸他的胡子，揪他的耳朵，爷爷把眼张开一条缝，小声地说："小捣蛋，别吵爷爷睡大觉！"说完，爷爷把头微微一偏，继续打呼噜了。

有一次，我从地上捡起一根鸡毛，轻轻地放进爷爷的鼻子里，"阿嚏！阿嚏！……"爷爷一连打了好几个喷嚏，一把从秋千上跳起来，逮着我，边用他那宽厚的大手撅我的小鼻子，边笑吟吟地说："你这小淘气，看我不撅掉你的鼻子！"我才不怕爷爷撅鼻子呢，爷爷的手虽然粗糙，但总是那么轻柔，撅着撅着，爷爷把我高高举起，在空中转圈圈，这时的爷爷像个孩子，开心极了。

爷爷还喜欢戴着老花镜坐在秋千上看报纸，许多时候，我会和爷爷挤在一块儿，缠着爷爷给我讲故事……

爷爷，放暑假了，我们一起荡秋千吧……

【原创绘本】

【教育信条】

办好教育的关键，第一是教师，第二还是教师。